늦게 핀 꽃이 더 아름답다

늦게 핀 꽃이 더 아름답다

1판2쇄 발행 2018년 6월 15일

지 은 이   문영숙
펴 낸 이   김형근
펴 낸 곳   서울셀렉션㈜
편   집   진선희
디 자 인   김지혜

등   록   2003년 1월 28일(제1-3169호)
주   소   서울시 종로구 삼청로 6 출판문화회관 지하 1층 (우110-190)
편 집 부   전화 02-734-9567 팩스 02-734-9562
영 업 부   전화 02-734-9565 팩스 02-734-9563
홈페이지   www.seoulselection.com

ⓒ 2018 문영숙

ISBN 978-89-97639-95-3   03810

늦게 핀 꽃이
더 아름답다

문영숙 지음

내 인생의 후반전, 다시 봄날이 왔다

서울셀렉션

후반전, 도전의 시작

내 인생의 전반전

늦게 핀 꽃이 더 아름답다

추억은 아름답다는 말이 진리처럼 느껴지는 나이가 되었다. 힘들고 부족했던 지난날이 없었으면 오늘의 내가 존재할 수 있었을까. 부족했기 때문에 만족하지 못했고, 만족할 수 없었기 때문에 뭔가를 향한 꿈을 끊임없이 꾸었다. 결국 인생은 끝없이 꿈을 꾸고 그 꿈을 좇는 존재가 아닐까.

나는 한국전쟁이 휴전되던 해인 1953년에 태어났다. 열일곱에 중학 과정인 고등공민학교를 끝으로, 내 나이 마흔여덟이 될 때까지 30여 년 동안 더 배우고 싶다는 갈망을 늘 안고 살았다. 2002년에 나는 남편과 식구들 몰래 대학입학 검정고시에 도전했다. 도둑 공부를 한 지 6개월 만에 대학입학자격 검정고시에 합격했고, 2004년 쉰이 되어서야 대학에 들어갔다.

그해 나는 신동아 논픽션 당선에 이어 중·장편동화로 문학상을 받게 되었다. 첫 장편동화 『무덤 속의 그림』을 시작으로 꾸준히 글을 썼다. 지금은 장편 역사동화를 비롯해 청소년 소설과 에세이까지 어느새 20여 권의 책을 펴냈다. 내가 생각해도 참 열심히 썼구나 싶다.

나는 가난을 운명으로 안고 살았던 사람 중 하나다. 1960~70년대에 어린 시절을 보낸 사람 대부분이 가난을 이고 살았다. 그러다 보니 남자아이들은 상급학교에 보내도 여자아이들은 집안일을 도우며 지내게 하다가 시집보냈다. 초등학교를 끝으로 배움을 접은 사람들에 비교하면 나는 행복한 편일지도 모른다.

다들 가난과 지적 허기에서 벗어나기 위해 묵묵히 일했고 그 덕분에 우리나라는 오늘의 풍요에 이르렀다. 오늘의 나 역시 쉽게 이룬 것이 하나도 없다. 늘 조마조마하고 아슬아슬하게 하나씩 꿈을 이루어갔다고 할까. 그 때문에 지나온 내 흔적들이 더 절절하고 애틋하다.

순탄하게 살아온 사람들에게는 아무것도 아닐지도 모르는 일들이 나에겐 넘보기조차 어려울 때가 많았다. 하지만 오늘보다 내일이 나을 것이란 꿈을 꾸며 포기하지 않고 견뎠다. 그 덕에 지금은 내가 하고 싶은 일을 하며 살 수 있게 되었다.

지나고 보니 안타깝고 절절하게 살아낸 순간이 고마울 때가 있다. 어려운 시간을 견뎌냈기에 웬만한 일은 별일 아니라는 자세로 헤쳐 나올 수 있었고, 남이 보기엔 불가능할 것 같은 일들도 나는 별 어려움 없이 해낼 수 있었다. 열심을 내면 못할 일이 없다는 자신감도 지난 삶에서 얻은 면역의 힘인지도 모른다.

이른 봄 한 등산객이 산에 올랐는데, 바위틈에 핀 진달래꽃 색깔이 너무 고와서 넋을 잃고 바라보며 생각했다고 한다.

'저토록 열악한 바위 틈바구니에서 세찬 바람을 맞으면서도 저리 곱게 꽃을 피우니, 좋은 환경에서라면 지금보다 몇 배 더 고운 꽃을 탐스럽게 피우겠구나.'

그는 진달래를 캐다가 좋은 화분에 심고 거름도 듬뿍 주고는 따뜻한 집 안에 두었다. 이듬해 봄, 화려한 진달래꽃을 기대했지만, 봄이 다 가도록 진달래는 꽃망울조차 맺지 않았다. 항상 따뜻한 집 안에 길든 진달래는 꽃을 피우는 본능을 잃어버린 것이다. 바위틈에서 진달래는 세찬 바람을 정면으로 맞으면서 더 강하게 생존할 수 있었고, 그 강인함이 결국 진한 꽃을 피워낸 것이다.

그렇다고 내가 살아온 지난 삶들을 바위틈에서 곱게 핀 진달래의 아름다움에 감히 견주는 것은 아니다. 그러나 부족하고 아쉬움투성이였던 지난 날들은 내게 인내와 용기, 남을 이해하고 배려하는 마음의 여유를 선물해주었다.

누구나 자기 인생에서 아름다운 꽃을 피우고 싶어 한다. 어떤 이는 남보다 일찍 화려한 꽃을 피우고, 어떤 이는 진한 향기를 뿜는 꽃을 피우기도 한다. 나도 뒤늦게 문학을 통해 꽃을 피우고 있다. 내 꽃은 장미처럼 화려한 꽃도 아니고, 찔레꽃처럼 진한 향기를 뿜지도 못한다. 하지만, 작고 보잘것없어도 오래오래 피어나고 멀리까지 향기를 보내는 꽃이 되고 싶다. 뒤늦게라도 내 꽃을 피울 수 있음에 감사한다.

내 인생은 전반전과 후반전이 무척 다르다. 전반전에 가난과 잃어버린 자아를 안고 버거운 현실에서 몸부림쳤다면, 후반전은 문학을 통해 자아를 찾고 작은 꿈들을 이뤄나가는 '도전기'라고 할 수 있다. 내가 작가가 된 것은 현실에서 채워지지 않는 것들에 관한 갈증 때문인지도 모른다.

작가가 된 후 크루즈 여행을 하면서 함께하는 분들에게 100세 시대 제2 인생에 관해 강연한 적이 있었다. 그후로 나 자신의 이야기를 책으로 묶고 싶었다. 대단한 삶이 아니라 궁상맞게 투덜대며 지지고 볶은 이야기들과 보탤 것도 가릴 것도 없는 초라한 삶이지만 치열하게 살아온 흔적들을 솔직하게 드러내 본다. 이 책 내용의 일부는 등단 작품이거나 다른 지면을 통해 소개한 작품임을 밝힌다.

지금까지 살아오면서 많은 사람의 도움을 받았다. 나 스스로 '나는 인복이 참 많은 사람'이라고 단정할 만큼 만나는 사람마다 나를 믿어주고, 격려해주고, 용기를 주었다. 그분들에게 감사드리며 내 지난 삶의 이야기를 들려드린다.

더불어 이 이야기들이 나와 같은 시대를 살면서 추억을 공유한 분들에게는 위로가 되고, 새로운 꿈을 향해 도전하는 분들에게는 용기가 되길 바란다. 그것이 바로 이 책을 묶은 이유라고 말하고 싶다.

후반전, 도전의 시작

시는 무슨 얼어 죽을!

"KBS문화센터에서 시 창작반 수강생을 모집합니다."

내 나이 마흔 중반이던 1998년 초여름, KBS의 〈아침마당〉이 내 인생을 바꿔놓았다. TV 화면에 물결처럼 출렁거리며 지나가던 자막. 하반기 수강생 모집 공고이니 며칠 동안 계속 나왔을 자막이었는데, 그날은 내 눈에 번쩍 띄었다.

무작정 〈아침마당〉 화면 자막으로 흐르던 안내번호로 전화를 걸었다.

"저기요, 시 창작반에 가려면 어떻게 해야 해요?"

대답은 너무나 간단했다. 그냥 와서 등록하면 된단다.

다행이었다. 아마도 절차가 까다로웠다면 포기했을지도 모른다. 그날부터 개강 날을 초등학교 입학식 날처럼 기다렸다. 여의도 KBS문화센터가 집에서 원효대교만 건너면 있어 거리가 가까운 것도 맘에 들었다.

그러나 식구들한테 말할 수 없었다. 특히 남편한테는 더 그랬다. 미리 남편한테 말했다가는 떡잎 모가지부터 댕강 잘릴 수 있었다.

"한가해지니까 미쳤구나! 집에서 살림이나 잘 해. 쓸데없는 헛바람 쫓아다니지 말고. 시는 무슨 얼어 죽을!"

남편은 보나 마나 들으나 마나 한 뻔한 소리를 해댈 것이다.

당시 남편에겐 무척이나 엄정한 철칙이 있었다.

'여자는 절대 밤엔 밖에 나가면 안 된다. 시부모와 남편, 아이들 밥때는 꼭 집에서 챙겨야 한다. 혹 바깥에 나갈 일이 있으면 연락처를 분명히 적어두어야 한다. 누구와 무슨 일로 만나는지 반드시 밝혀야 한다. 몇 시쯤 들어올 것인지 미리 알려 식구들, 아니 남편에게 심려를 끼치지 말아야 한다. 분명하고 적확한 이유가 있을 시에만 외출이 가능하다.'

내가 무슨 수용소에 갇힌 죄인인가?

남편은 요즈음 말로 하면 간 큰 남자 중에서도 단연 으뜸일 터였다. 오죽하면 내가 남편에게 지어준 별명이 '18세기 황제'일까. 그러니 시를 배우겠다는 내 바람이 남편에게는 가당치도 않은 허영이자 징신 나간 헛꿈일 게 뻔했다. 나는 내 꿈을 키우기 위해 남편에게 비밀로 하기로 했다.

'시 창작반 수강생 모집'

시 공부를 한다는 말일까? 나도 한때는 가난한 문학소녀였다.

학생 때는 제법 글을 잘 쓴다는 소리도 들었다. 고등공민학교에 다니는 내내 왕복 8킬로미터의 통학 길을 걸어 다니며 시를 외웠다. 친구와 함께 소월 시집 『진달래꽃』을 통째로 외우기도 했다.

한 폭의 수채화처럼 추억 속의 고향길이 아스라이 떠올랐다. 팔봉산 자락 아래 물안개가 자욱하게 끼어 있던 통학 길. 신작로 아래로 밀물이 들어와 철썩철썩 물거품을 일으키고, 외양간 소들이 길게 음매! 음매! 하던, 아침을 여는 풍경들이 시 창작반 수강생 모집 광고에 겹쳐져서 물안개처럼 스멀스멀 피어올랐다.

바로 그해는 딸과 아들이 대학에 입학했고, 한 해 전에는 치매를 앓던 시어머니가 돌아가셔서 비로소 내게 시간적 정신적 여유가 찾아온 해였다.

시어머니는 예순넷에 노인성 치매에 걸려 7년간 투병하셨다. 시어머니가 돌아가실 때까지 7년 동안, 나는 숨 돌릴 틈도 없이 허둥대며 살았다. 치매 시어머니를 모신 맏며느리. 자신의 정체성이나 꿈을 생각할 만한 단 몇 초의 여유도 없는 삶이나 다름없었다.

잠시라도 한눈을 팔면 어김없이 크고 작은 사고가 이어졌다. 늘 사고는 순식간에 일어났다. 사리를 판단할 수 없는 치매환자에게는 전기 콘센트, 가스레인지 스위치, 선풍기, 다리미 같은 평범한 살림 도구들조차 매우 위험했다. 잠깐 눈을 돌리는 순간, 무슨 일이 벌어질지 알 수 없었다.

집안 살림살이만 위험한 게 아니었다. 시어머니는 순식간에 집 밖으로 나갔다. 가출한 시어머니를 파출소에 신고하고, 동네 곳곳을 찾으며 돌아다녔다. 웬만한 병원 응급실은 다 다녔을 것이다. 장시간 찾지 못하면 심지어 영안실까지 헤매고 다녔다. 치매 환자는 기차도, 철길도, 찻길도 분간하지 못하기 때문이다. 한번은 철길에서 사고를 당해 병원 신세를 지기도 했다.

7년간 치매 시어머니를 모시는 동안, 딸과 아들의 중고등학교 뒷바라지에는 신경 쓸 겨를이 전혀 없었다. 그런데도 두 아이는 시어머니가 돌아가신 다음 해, 기특하게 둘 다 대학에 들어갔다.

대학생이 된 아이들에게 컴퓨터를 사줬는데, 컴퓨터 무료교육 수강증이 덤으로 따라왔다. 아이들은 이미 컴퓨터를 잘 다룰 줄 알았기에 무료 수강증엔 관심이 없었다. 나는 수강증을 그대로 버리는 게 아까워 교육장에 찾아갔다. 대부분 나처럼 나이 많은 사람들이 배우러 와 있었다.

'살림만 하던 내가 컴퓨터를 다룰 수 있을까.'

처음엔 배우고 싶은 마음보다 기계가 무서웠다. 뭐 하나라도 잘못 누르면 큰 고장이라도 날까 봐 정신을 바짝 차렸다. 그러나 하루하루 컴퓨터를 배우는 일은 내게 새로운 배움의 출발점이 되었다.

열 손가락을 움직여 글자를 만드는 워드 수업은 얼마나 재미있었는지. 나는 시간만 나면 자판 연습을 했다. 자판을 두드리다 보면 시간이 금세 지나갔다. 화면에 글자가 채워질 때마다 신기하고 기뻤다. 자판을 치는 속도가 점점 빨라졌다. 손가락이 점점 자유자재로 움직였다.

컴퓨터 무료 수강으로 간단한 문서 작성에 이어 인터넷 검색까지 배웠다. 내 아이디를 만들어 가상공간에서 얼굴도 모르는 사람들과 소통할 수 있었다.

컴퓨터는 내게 마술처럼 신기한 세상을 보여주었다. 시집살이 20여 년 동안 맏며느리로서 가사와 간병에 찌들어 모든 것에서 퇴보했을 것 같았던 내게, 새롭게 배우는 기쁨을 주었다. 컴퓨터기초반을 막 끝냈을 때, '시 창작반 수강생 모집'이라는 자막이 내 눈에 뜨인 것이다.

30여 년 전 통학 길에 외웠던 『진달래꽃』의 시구들이 생생하게 떠올랐다. 가장 열심히 외웠던 「초혼」의 강렬한 구절들이 튀어나왔다.

산산이 부서진 이름이여!
허공중에 헤어진 이름이여!
불러도 주인 없는 이름이여!
부르다가 내가 죽을 이름이여!

심중에 남아 있는 말 한마디는
끝끝내 마저 하지 못하였구나.
사랑하던 그 사람이여!

사랑하던 그 사람이여!

(-중략-)

「초혼」의 시구들은 그동안 주렸던 내 배움의 갈증으로 환치되었다.

산산이 부서진 내 꿈이여!
허공중에 흩어진 내 꿈이여!
불러도 대답 없는 내 꿈이여!
부르다가 내가 죽을 내 꿈이여!

시구에 내 갈증을 덧입히는 순간 코끝이 찡해졌다. 「예전엔 미처 몰랐어요」「못 잊어」「개여울」「잔디 잔디 금잔디」「삼수갑산」「접동새」 등 그동안 내 심연 어딘가에 깊숙이 숨어 있다가 꺼내 줄 날만 기다렸던 것처럼, 예전에 외웠던 시들이 줄줄이 되살아났다.

붓과 화선지와 시

시 창작반 수업은 일주일에 한 번, 목요일 오후에 있었다. 개강을 앞두고 남편에게 무슨 핑계를 대고 갈까 고민에 빠졌다.

나는 외출할 일이 있거나, 여행 계획이 있으면 늘 코앞에 닥쳐서야 남편에게 말했다. 남편은 내가 밖에 나가는 걸 무조건 싫어하는 터라 미리 말해서 그 일로 예민하게 신경 쓰게 하고 싶지 않았기 때문이다.

몇 년 전부터, 그러니까 나의 문학 활동 성과가 겉으로 드러난 다음에야 비로소 외출이 자유로워졌다. '남편의 허락형'에서 '남편에게 통보형'으로 바뀐 것이다. 하지만, 그때는 타당한 외출조차 남편에게 허락받는 일이 힘들던 때였다. 고민 끝에 드디어 나름 합당한 외출 사유를 만들었다.

그즈음 나는 시장 보러 가면서 일주일에 한 번 정도는 동네 서실에 다녔다. 새로 한문 서예를 배우고 있었다. 남편은 내가 결혼 전부터 서예를 좋아했고, 집에서도 짬 날 때마다 쓰는 것을 알고 있었다.

시장가는 날 서실에 들러 체본을 받고 한 시간 정도 연습한 후, 찬거리를 사서 부리나케 집으로 돌아왔다. 그 후 일주일 동안은 집에서 짬 나는 대로 체본을 따라 연습했다. 일주일 후 시장에 가면서 서실에 들러 새로운 체본을 받으면, 다음 일주일 동안 또 짬짬이 연습하는 식이었다.

매일매일 서실에 가서 배우고 싶었지만, 남편에게 말하지 않고 시장가는 길에 들렀기 때문에 남편은 나 혼자서 붓글씨를 연습하는 줄 알던 때였다.

남편에게 시를 배우겠다는 말은 통하지 않아도 서실에 간다고 하면 막지 않을 것이었다. 나는 일주일에 한 번 서실에 가겠다고 말하고 시 창작 수업에 가기로 했다.

그 후 KBS문화센터에 시 창작 공부를 하러 가는 날은 가방에 화선지와 체본, 붓을 넣고 다녔다. 남편의 눈에 뜨일 만큼 화선지도 될 수 있는 대로 넉넉하게 넣고 붓도 큰 것을 가지고 다녔다.

그러나 가방에 넣은 서예 용구는 완전한 남편 눈속임용이었다. 습작한 시들이 가방 한쪽을 차지했지만, 깊숙이 있으니 남편이 알 도리가 없을 것이다. 대신 붓과 화선지, 체본이 가방 밖으로까지 튀어나와 누가 보아도 서실에 다니는 것처럼 보였다. 눈속임용 서예 용구는 어림잡아 4~5개월 동안 나의 시 창작 수업에 동행했다.

남편이 서예를 막지 못하는 나름의 이유가 있었다. 연애 시절,

남편이 군대에 입대하자 나는 한글서예를 시작했다. 9월에 입대한 남편에게 그해 성탄절에 그동안 배운 솜씨로 족자를 만들어 선물한 적이 있었다.

군 복무 중인 남편을 위해 김종서의 시조 「호기가」를 쓴 족자였다.

　　삭풍은 나무 끝에 불고
　　명월은 눈 속에 찬데
　　만리변성에 일장검 짚고 서서
　　긴 파람 큰 한 소리에 거칠 것이 없어라

남편은 군 복무 중이었으니 내가 쓴 족자를 집으로 보낸 모양이었다. 당시 남편의 아버지(시아버지)는 군에 계시다가 예편하셨는데, 전직 군인이신지라 내가 쓴 글씨와 족자를 무척이나 맘에 들어하셨다.

하루는 퇴근 무렵에 아들의 연인인 내가 근무하는 직장으로 찾아오셨다. 그날 나를 데리고 명동의 한 백화점 문구센터로 가더니, 내게 문방사우를 선물하셨다. 좋은 취미를 가졌으니 더 열심히 하라고 격려해주신 것이다. 그런 사연이 있으니 남편은 내가 서예 하는 것만은 싫어도 막을 명분이 없었을 것이다.

그렇게 서예 용구와 함께 아무도 모르게 나의 습작 시들이 한 편 한 편 늘어났다. 더 많은 걸 배우고 싶었다. 가장 갈증을 느끼는 부분은 시간이 절대적으로 부족한 점이었다.

시 창작 강의는 두 시간이었다. 한 시간은 시 창작 이론 강의였고, 한 시간은 수강생 열대여섯 명이 쓴 습작 시를 합평하는 시간이었다. 습작 시는 미리 강사에게 이메일로 보내 첨삭 받고, 수업 시간에는 첨삭 받은 부분을 서로 읽고 토의하며 수정했다.

두 시간은 금세 지나갔다. 수업이 끝나면 오후 4시, 집에 가서 곧바로 저녁을 준비해야 했다. 다른 수강생들은 수업 후 뒤풀이 시간을 가졌다. 다음 수업에 가면 뒤풀이 시간에 토론한 시들에 관해 이야기를 나누는 걸 들었다. 나는 그 시간을 함께할 수 없는 게 너무 아쉬웠다.

'도대체 다른 사람들은 얼마나 자유로운 걸까.'

심지어 2차 3차까지 갔다는 사람들도 있었다. 시간이 흐를수록 수업시간보다 뒤풀이 시간을 더 기다리는 사람도 있었다. 뒤풀이 자리에서 문학을 논하고 작품 얘기도 폭넓게 나누면서 친밀해지는 게 너무나 부러웠다. 남편에게 제대로 이야기도 못 하고 쉬쉬하며 사는 사람은 나 혼자뿐인 것 같았다.

한번은 잠깐 뒤풀이에 참석했다가 허겁지겁 서둘러 집에 왔다. 아니나 다를까, 남편 눈이 도끼눈이 되어 있었다. 그날 우리 부부는 가정이 중요하냐, 취미가 중요하냐를 두고 난데없이 한바탕 논쟁을 벌였다. 그러다가 나는 그다음 주 강의시간을 남편에게 압수당해 버렸다. 그런 일은 갈수록 더 자주 일어났다.

남편 사전에 없는 말

그해 연말, 그동안 수강생들이 쓴 습작 시들 중 두세 편씩이 문예지에 실리게 되었다. 우리가 쓴 시가 지면을 얻어 활자화되니 얼마나 기쁜지 몰랐다. 초보 습작생들 눈엔 같은 작품이라도 책에 실리면 훨씬 더 멋진 시로 보였다. 강사는 습작생들의 작품이 실린 책으로 송년 모임 겸 시 낭송회를 하자고 했다.

시 낭송회, 이름만 들어도 꿈같았다. 그런데 하필 밤 시간이었다. 다들 송년회에서 자기 작품을 낭송한다고 감정을 넣어 외우느라 분주했다. 나도 낭랑한 목소리로 분위기 있게 내 시를 낭송하고 싶었다.

그러나 나에겐 참석이 불가능한 저녁 시간이었다. 여자 혼자 저녁에 외출하다니, 남편 사전엔 있을 수 없는 일이었다.

'어떻게 외출 허락을 받아낼까?'

그 무렵까지 내 가방에 들어 있던 너덜너덜해진 서예 체본과 용구들도 졸업시켜야 할 것 같았다. 궁리 끝에 내 작품이 실린 문예지를 남편에게 보이기로 했다. 그러나 남편에게 말을 꺼낼 적절한 타이밍이 중요했다.

송년 모임 며칠을 앞두고 남편 기분이 좋은 날이 오길 기다렸다. 남편은 거의 매일 술을 마셨는데, 많이 취한 날엔 이야기하기가 쉽지 않았다.

하루는 남편이 적당히 마셨다는 판단이 섰다.

"이거 볼래요?"

남편에게 내 시가 실린 문예지를 슬쩍 내밀었다. 남편은 책에 별로 관심이 없었다. 시큰둥하게 흘낏 쳐다보며 물었다.

"뭔데?"

나는 '뭔데?' 하고 물어주는 게 고마웠다.

"나 예전에 시를 좋아했는데, 내 시가 이 책에 실렸어요."

남편은 갑자기 무슨 귀신 씨 나락 까먹는 소리냐는 듯한 반응이었다.

"여기 보라니까요? 문영숙. 내 이름이잖아요."

손가락을 내 이름 아래 대고 다시 책을 내밀었다.

"투고했더니 내 시가 이렇게 뽑혀서 실렸어요. 그런데 출판사에서 책에 작품이 실린 사람들을 초청해서 송년 시 낭송회를 한대요."

"시 낭송회? 그게 언젠데?"

남편이 물었다.

한 가닥 희망의 빛줄기가 보이는 듯했다. 그렇다고 무작정 가겠다고 하면 안 되었다.

"성탄절 사흘 앞인데, 왜 하필 저녁에 하나 몰라요. 가정주부들이 저녁에 어떻게 나가나? 낮에 하면 좋을 텐데, 왜 저녁에 하는지 모르겠어요. 꼭 와야 한다고 하는데 저녁이라서 고민이네."

나는 시 낭송회 주최 측을 최대한 원망하는 투로 말했다.

남편 생각이 옳다고 인정한 후에, 가고는 싶지만 시간이 맞지 않아 갈 수 없다는 듯 남편의 동정표를 얻어야 했다. 늘 일방통행인 남편과 살아오는 동안 나름 체득한 방법이었다.

'자상한 남편이라면 같이 가줄 수도 있으련만….'

남편 표정이 나쁘지 않았다.

'내 간절한 바람을 조금이라도 느낀 걸까. 아니면 주부에 대한 배려가 전혀 없다며 주최 측을 깎아내린 게 효험이 있었나?'

남편이 단칼에 자르지 않고 물었다.

"거길 혼자 가겠다는 거야? 어디서 하는데?"

"신촌 어디라는데…. 자기가 다녀오라고 하면 정호 엄마랑 잠깐 갔다 올까 해요."

혼자가 아니고 남편이 잘 아는 사람과 동행한다는 것과 잠깐이라는 말이 중요했다. 안 갈 수 없어서 억지로 가는 것이니 가더라도 금방 다녀올 것으로 생각하게끔 해야 했다.

정호 엄마는 아들의 고등학교 친구 엄마였다. 정호 엄마는 내가 밖으로 자유롭게 나다니지 못하는 걸 잘 알고 우리 집에 자주 놀러 왔다. 남편은 내가 밖으로 나가는 건 싫어했지만, 대신 친구들이 집에 오는 것은 좋아했다. 정호 엄마도 자주 놀러오는 친구 중 하나였다.

"그럼 정호 엄마랑 같이 갔다가 곧바로 와!"

남편은 내 시는 하나도 궁금하지 않은 듯했다. 단지 내가 나가는 것에만 신경 썼다. 다만 시가 뽑혔다는 사실을 조금은 긍정하는 것 같았다.

남편이 책에 실린 내 시를 꼼꼼히 읽었다면 분명히 그 시는 싸움의 빌미가 되었을 것이다. 습작 시기에 내가 빚어낸 시들은 시적 대상이 무엇이었든, 그 안에 이루지 못한 꿈에 대한 갈망, 맘껏 날지 못하는 욕구 불만이 가득했기 때문이었다.

분홍빛 연애가 결혼으로 이어지면서 나는 나름 행복한 결혼생활을 꿈꾸었지만, 현실은 그렇지 않았다. 남편에게 실망하고 시부모님 간병으로 여러 해 동안 고단하게 살았다. 행복한 삶에 대한 체념이 서서히 굳어가던 시절이었기에, 내 속내가 창작한 시에 고스란히 묻어 있었다.

부끄럽지만, 당시 내가 쓴 시 두편을 소개한다.

연꽃 사랑

젊음의 열기로 출렁이던 날
그대 나에게
나 그대에게 당달봉사로
물 위에 떠 있는 연꽃처럼
분홍빛 사랑만 보았네

높아가는 기대치는
물이랑을 타고
현기증만 너울너울

어느 날 들여다본 물속
물살에 힘겨운 줄기 보며
서로가 보듬어야 할 눈 맞춤하네

세월이 진흙처럼 쌓인 뒤에야
위로의 손길로 어루만지다
한 삶을 딛고 섰던 발아래 머물러
숭숭 구멍 뚫린 사랑의 역사를 보네

바람 소리 물 소리로
빈 울음뿐
그래도 버릴 수 없는 꿈
까맣게 싸안은 연밥에

연분홍 그리움 꼭꼭 묻었네

바람에게

머물고 싶진 않아
한 점 구름으로 떠서
저 푸른 하늘 높이
이대로 나는 새이고 싶다

맹목으로 선 채
형체 없는 존재로 무너질 순 없어
산정의 잔설처럼 순백으로 다가가
바람 속의 꽃이고저

바람이여
끌려가는 손길 말고
나 스스로 향기 품은
사랑이고 싶다
따스한 체온이고 싶다

그날 처음으로 밤 외출을 할 수 있었다. 그러나 행사가 끝날 때까지 맘 편히 시 낭송회를 즐길 수가 없었다. 바늘방석에 앉은 듯했다. 조바심을 내다가 결국 행사가 끝나기도 전에 일찍 자리를 떴다. 집에 돌아와 보니, 남편의 심기가 아주 불편해 보였다.

그 후 남편에게 내가 시에 소질이 있는 것 같으니, 정식으로 시공부를 하겠다고 말했다. 그동안 시를 배우는 데 들러리 노릇을 했던 서예 용구도 비로소 가방에서 졸업시켰다. 다행스러운 일은 남편이 시나 문학은 건성으로 여기고, 다만 나의 외출에 대해서만 날을 세운 것이었다.

글을 쓰면 쓸수록 배움을 중단한 갈증은 커져만 갔다. 어느 순간부터 대학을 나오지 못한 콤플렉스가 나를 옥죄기 시작했다. 그러나 대한민국에서 보수적인 가장으로 둘째가라면 서러워할 사람이 내 남편이었다. 아내가 원한다고 흔쾌히 들어줄 사람이 아니었다.

18세기 황제의 나라

시 창작반에 다니며 열심히 시를 쓴 덕에 1999년 문예지 『문학시대』를 통해 시인으로 등단했다. 나의 시 쓰기는 내 안의 응어리진 자아를 퍼내는 일이었다. 내가 쓰는 시마다 아픔이 배어 있었다.

그 무렵 같은 문화센터에서 수필 강의도 듣게 되었다. 시로 풀어내고 싶은 소재와 수필로 풀어낼 소재들이 구분되었다. 날마다 쓸거리가 넘쳐나는 기분이었다. 무작정 쓰기를 즐겼고, 무턱대고 쓰는 일이 좋았다. 자다가도 시상이 떠오르면 얼른 일어나 자판을 두드렸다. 다양한 소재를 시로 풀어냈고, 수필 창작 강의를 듣는 동안은 수필도 열심히 썼다. 수필을 통해 고향을 다시 만났고, 가난에 허덕이던 유년 시절의 나와 다시 만났다.

이제 지금까지의 내 모습에서 벗어나 새로운 삶을 펼치고 싶었다. 시와 수필로 만족하지 않고 제대로 창작 공부를 하고 싶었다.

창작 공부는 혼자보다 문우들과 함께 토론하고 합평하는 시간이 중요했다. 아무리 좋은 이론이라도 그 이론을 바탕으로 글을 쓰고, 내가 쓴 글 어디에 문제가 있는지 토론하는 과정에서 내 단점이나 오류를 발견하고 수정해 가면서 비로소 하나의 작품이 탄생하였다. 하지만 늘 귀가 시간에 쫓기는 바람에 그런 시간을 맘껏 활용할 수 없는 게 너무나 아쉬웠다.

수업을 받을 때는 전체를 상대로 했기 때문에 미진한 부분들이 있어서 수업 후 문우들끼리 심화 토론을 하다 보면 어느새 시간이 훌쩍 지나 점심시간을 넘길 때가 많았다. 그럴 때마다 매번 남편은 나에게 전화를 걸었다. '지금 어디냐?' '누구랑 있느냐?' '내가 점심을 먹었는지 궁금하지도 않으냐?' 사사건건 캐물으며 나를 곤란하게 했다. 남편의 전화에 절절매는 모습을 본 문우들은 내가 무슨 나쁜 전력이라도 있어 남편이 단속하는 게 아닌가 오해하기도 했다.

그런 일이 몇 차례 반복되자 점심시간을 넘길 때면 문우들이 먼저 얼른 집에 전화부터 하라고 챙길 정도였다. 나는 공부 시간을 얻기 위해 남편에게 전화를 걸어 맛있는 거로 식사를 하라든지, 몇 시에 들어갈 거라든지, 어디에서 뭘 하고 있는지 일일이 보고했다. 그렇게까지 전전긍긍하는 사람은 나 말고는 없었다.

어쩌다 전화 타이밍을 놓치거나 귀가가 늦으면, 남편의 고함이 전화기 속에서 터져 나왔다. 옆에 누가 있건 없건 상관없었다. 함께 있던 사람들에게 창피할 때가 한두 번이 아니었다. 민폐가 될 때도 많았다. 그러다 보니 밖에 나갈 일이 생기면 무사히 나녀올 수 있을까 걱정부터 되었다.

그러던 어느 날이었다. 그날따라 작품에 대한 토론이 길어 귀가 시간이 좀 늦어 버렸다. 집에 돌아왔더니 남편은 화가 잔뜩 나 있었다.

나도 더는 참을 수가 없었다. 이제는 시부모도 안 계셨고, 아이들도 다 컸으니 무슨 수를 내고야 말겠다고 벼르며 집을 나왔다. 다시는 18세기 황제의 나라로는 돌아가지 않으리라 다짐하며 방을 얻었다. 이번만큼은 강도 높은 시위로 남편의 주사를 끝내고 싶었다. 남편에게서 계속 전화가 왔지만 받지 않았다.

여러 날 궁리 끝에 이혼 서류를 들이밀기로 했다. 술이냐? 이혼이냐? 담판을 벌이고 싶었다. 남편에게 남산 근처에서 만나자고 했다. 집으로 들어가면 남편이 홈그라운드의 위세로 나를 누르려 할 것이었다.

나는 이혼청구서에 도장을 찍은 채로 들이밀었다. 사실 그 이혼청구서는 가짜였다. 내가 사는 서울시가 아니라 인천시에서 사용하는 용지로 친구에게 얻은 것이었다. 남편은 내가 이혼청구서를 내밀었다는 자체에 놀라 서류는 들여다보지도 않았다. 조금만 살펴보았다면 그게 인천시라고 인쇄된 가짜 서류라는 것을 금방 알았을 것이다.

나는 내친김에 한 걸음 더 나아갔다. 이혼 아니면 금주 둘 중 하나를 선택하라고 한 방 더 날렸다. 금주하면 내가 집으로 들어갈 것이고 이혼 서류도 파기하겠지만, 거절하면 우리 사이는 영원히 끝이라고 했다.

사실 술을 끊게 할 목적이었지 남편과 이혼할 생각은 없었다. 아이들도 혼사 전이었고, 이혼한다고 뭐 그리 뾰족한 수가 있는 것도 아니었다. 실제로 내 또래의 부부들 중에 한 번도 이혼을 생각해보지 않은 부부가 어디 있겠는가. 정도의 차이는 있겠지만, 다들 수십 번도 더 이혼할 생각을 하면서 살았을 것이다.

남편은 당당한 내 요구에 눈물을 줄줄 흘렸다. 어린애처럼 엉엉 울었다. 늘 무섭기만 한 남편이었는데, 남편과 아내인 내가 서로 처지가 바뀐 듯했다.

남편은 울면서 빌었다.

"자기 없으면 난 못살아. 제발 용서해줘."

남편은 세상에서 가장 많이 빈 사람이라고 해도 과언이 아닐 것이다. 술에 취해 밤새 식구들을 괴롭히고 나서 이튿날 제정신으로 돌아오면 손이 발이 되게 빌었다. 그러나 항상 도루묵이었다.

남편의 레퍼토리는 언제나 똑같았다.

"술 먹은 개로 생각해. 정말 잘못했어. 다시는 안 그럴게."

그 말은 만 24시간을 넘기지 못하고 반복되었다. 나도 그때마다 따졌다.

"내가 개하고 결혼했어요?"

남편은 그날도 눈물을 철철 흘리며 빌었다. 이제 더는 용서하면 안 되었다.

"당신이 한두 번 빌었어요? 빌어서 달라진 게 있었어요? 정말로 금주하겠다고 약속해요. 의사와 상담도 해보고요."

일단 칼을 뺐다. 이젠 물러설 수 없었다. 강하게 밀고 나가자고 다짐하며 먼저 자리에서 일어났다.

다음날 병원에서 남편을 만났다. 남편의 풀죽은 모습을 보니 마음이 약해졌다. 나는 마음을 다잡고 남편한테 말했다.

"내가 이렇게 하는 건 가정을 지키려는 것이지, 깨려는 게 아니에요. 금주하려면 의사의 도움이 필요하대요. 당신 몸 상태도 검사해 봐요."

"나, 앞으로 잘할게. 절대로 술 안 마실게."

담당 의사를 만났다. 의사는 남편 상태가 그리 심하지 않다고 했다. 나는 남편의 위도 많이 망가지고 간도 심각한 상태일 거라고 예상했는데 의외였다.

'남편이 워낙 건강체라서 그런 걸까.'

나는 남편이 계속 금주하는 것을 돕고, 앞으로 우리 가족이 행복하게 살기 위해서 어떻게 하는 게 가장 좋을지 고민에 고민을 거듭했다. 인터넷을 검색하고, 가정연구소에서 상담도 받았다. 그곳에서 '좋은 아버지 모임'이라는 단체가 있는 걸 알았다. 행복한 가정을 위해서는 아버지만 달라져서는 안 되기에 우리 둘이 함께 그 모임에 참여하자는 생각이 들었다.

나는 남편에게 '좋은 아버지 모임'에 함께 나가자고 했다. 금주를 계기로 행복한 가정을 만들기 위해 서로 노력하자고 애원했다.

그 후 남편은 술을 입에 대지 않았다. 세계평화가 온 것 같았다. '좋은 아버지 모임'에도 함께 갔다. 내게 약속한 대로 순순히 따른 것이다.

'좋은 아버지 모임'에 처음 갔을 때, 남편은 아내를, 아내는 남편을 소개하게 했다. 처음부터 서로의 역할을 바꿔 바라보기였다. 나도 완벽한 아내는 아니었다. 머지않아 지천명이라는 쉰에 이르는데, 지금부터라도 행복하게 살아보고 싶었다.

모임에 세 번째 갔을 때였다. 12월 모임이어서 송년회를 겸한 행사가 있었다. 간단한 다과와 와인을 곁들인 시간, 가수가 기타를 치며 노래하는 순서가 있었다. 부부 사랑에 관한 노래였다. 가수의 음성도 노랫말도 얼마나 호소력이 있는지, 노랫말 하나하나마다 내 심금을 울렸다.

노래를 듣다가 어느 순간 나도 모르게 설움이 밀려들었다. 나 스스로 억제할 수 없는 뜨거운 울음이 터져 나왔다. 얼마나 격한 눈물인지 그칠 수가 없었다. 내 생전에 처음 흘려보는 뜨거운 눈물이었다. 그동안 참고 살아온 온갖 서러움이 폭포 아니, 쓰나미처럼 밀려들어 눈물바다를 이루었다. 창피한 건 둘째 치고 아무리 울음을 그치려 해도 멈춰지질 않았다. 남편이 당혹해하며 나를 달랬지만, 내 눈물은 너무나 뜨겁게 흘렸다. 어찌 보면 스스로에 대한 회한인지도 몰랐다.

그날 흘린 내 눈물의 정체를 지금도 잘 모르겠다. 다만, 여러 사람 앞에서 순간적으로 자제력을 잃었던 모습이 창피하다.

모임이 끝나고 밖에 나오니 거리는 온통 축제 분위기였다. 2000년 새해를 앞두고 '밀레니엄 새천년 맞이' 이벤트로 거리 곳곳이 휘황찬란했고, 특수한 조형물들도 화려한 빛을 뿜었다.

그날 내 모습을 본 '좋은 아버지 모임' 회장이며 가정경제연구소장이 내가 너무나 안타까웠던 모양이었다. 며칠 후에 내게 연락해왔다. 모 신문사에서 '밀레니엄 새 가정 새 출발' 특집이 있는데, 인터뷰에 응하지 않겠냐는 전화였다. 자기가 특별히 추천했다고 말했다. 나는 순간 조금 망설였지만 남편과 함께 새로운 다짐을 하는 특별한 계기가 될 것 같아 응하겠다고 했다.

취재를 약속한 날이 되었다. 마침 눈이 많이 내려 나무마다 흰 눈으로 소복이 쌓인 정원 풍경은 마치 하늘의 축복 같았다. 기자가 사진기자와 함께 집으로 찾아왔다. 우리는 딸과 아들과 함께 새로운 각오로 인터뷰를 마쳤다.

2000년 1월 1일 자 일간지에 우리 가족이 실렸다.

'밀레니엄 새 가정 새 출발'

제목도 거창했다. 남편은 30여 년 넘게 마시던 술을 끊고 새 출발을 했고, 아내는 치매 시어머니를 모신 후 문단에 등단해서 새로운 천 년을 맞는 가정이라고 소개했다. 사진도 컬러로 나왔다.

한동안 그 신문 기사를 거실에 붙여 놓았다.

남편과 나는 '좋은 아버지 모임'에 충실하게 참여했다. 그러던 어느 날, 모임 사무실을 분당으로 옮겨갔다. 그동안은 인사동에 있어 참여하기가 쉬웠는데, 분당으로 가면서 아쉽지만 모임에 참여하는 걸 중단하고 말았다.

지금 돌이켜보면 분당이 아니라 부산이었어도 계속 참여했어야 했다. 남편은 고작 6개월 정도 금주하고 다시 술을 입에 댔다. 그때 무슨 수를 써서라도 '좋은 아버지 모임'에 계속 참석했다면 지금처럼 남편의 간이 처참하게 망가지지는 않았을 것이다.

남편의 건강이 나빠지는 걸 알면서도 금주를 성공시키지 못한 내 책임을 절감한다. 죽기살기로 노력해서라도 술을 끊게 했어야 했다.

보리쌀 한 말

1999년 『문학시대』에 시로 등단한 나는 이듬해인 2000년에 『월간문학』에 수필로도 등단했다.

나는 보릿고개를 경험한 세대로서 할 말도 많았고 글을 쓸 거리도 넘쳐났다. 내가 쓴 수필들은 유난히 보리와 연관된 소재들이 많다. 그중에 두 편을 골라 소개한다.

보리쌀 한 말

새 천 년을 앞두고 계간 문학지 신인 부문에 응모한 시가 당선되어 등단 패를 받게 되었다. 몇몇 친구와 가족의 축하를 받으며 비로소 타인 앞에서 시인으로서의 출발을 새롭게 다짐하는 날이었다.

지금까지는 많은 사물과 상념들에 나름의 의미를 부여하며 습작하는 것이 편안했다. 이제부터는 섣불리 감성으로만 시를 쓰지 못할 것 같은 부담감이 앞선다.

아름답고 화려한 꽃다발들 속에서 유난히 가슴 뭉클하게 하는 꽃다발이 있었다. 한창 감성이 예민하던 내 사춘기 시절, 나를 끔찍이도 아껴 주었던 은사로부터의 축하 꽃다발이었다.

어느새 이순을 넘은 초로의 은사는 당신 일인 양 기뻐하며, 내 두 손을 꼭 잡고 대견하다고 그분 특유의 함박웃음을 피워 냈다.

1960년대 후반, 충청도 해안가 벽촌인 내 고향에 그분은 음악 선생님으로 부임했다. 느리고 투박한 충청도 사투리만큼이나 선머슴 같던 우리에게, 선생님은 여성으로서 갖추어야 할 몸가짐과 맵시를 몸소 보여 주었다.

언제나 정갈했던 선생님은 단아한 품위와 따뜻한 감성을 지녔고, 꾀꼬리 같은 목소리로 교과서 이외의 것까지 폭넓게 가르쳐주었다.

푸치니의 오페라 《나비부인》 중에서 〈어떤 갠 날〉 〈별은 빛나건만〉 등의 아리아를 흥얼거리게 했고, 〈동물의 사육제〉 〈유머레스크〉 〈치고이너바이젠〉 등의 클래식 음악을 첫 소절이라도 알고 있으라며 들려주었다. 선생님이 가르쳐주신 이 곡들을 지금도 잊지 않고 있다. 어쩌면 가난 때문에 학업을 계속할 수 없을지라도, 언제 어느 자리에서건 빠지지 않는 제자들로 키우기 위해 열정을 쏟으신 것이다.

그분이 우리 반 담임을 맡던 해 봄이었다.

당시 우리 집 형편이 너무나 어려워 점심은 아예 거르는 것이 일상이었다. 점심시간 때우기가 늘 난감했다. 나는 누구한테도 동정받기 싫어 그 시간이 되면 곧장 학교 뒷산으로 피하곤 했다. 당시 남녀 합반인 우리 반에서 나는 여자 반장을 맡고 있던 터라 자연히 선생님이 자주 불렀다. 그런데 점심시간만 되면 나를 볼 수 없는 게 의아스러웠나 보다. 하루는 내 친한 친구를 불러 나에 관해 소상히 물었다고 했다.

그로부터 며칠이 지난 어느 토요일. 그 날도 나는 언제나처럼 학교에서 집으로 돌아오기 무섭게 집에서 멀리 떨어진 우물에 가서 물을 길어오던 중이었다. 저 멀리 신작로에서 내 친구와 선생님이 우리 집 쪽으로 오는 모습이 보였다. 친구는 머리에 허연 광목 자루를 이고 있었다.

순간 내 차림새가 어찌나 창피스러운지 쥐구멍이라도 있으면 숨고 싶을 지경이었다. 학교 갈 때는 교복을 입어 그런대로 영특한 여학생처럼 보여 궁핍한 내 삶을 가릴 수 있었다. 하지만, 집으로 돌아온 순간부터는 내 차림새와 하는 일들이 누구에게도 보이기 싫은 치부였다.

몸이 불편한 엄마가 낮 동안 해놓은 나뭇단을 져 나를 때는 영락없는 나무꾼이었고, 삽과 괭이를 들고 텃밭을 일굴 때는 농부였으니, 그 어디에서도 조신한 여학생 모습은 찾을 수 없었다. 문자 그대로 선머슴이 어울렸다.

'왜 이 시간에 우리 집에 오는 것일까?'

반갑고 고마움보다는 부끄러운 마음이 앞서 선생님이 원망스러울 정도였다.

친구가 머리에 이고 온 것은 보리쌀 한 말이었다. 선생님은 늘 점심을 거르는 제자의 가난이 마음 아팠다고 했다. 그때 그 선생님이 준 보리쌀 한 말은 지금까지 내 가슴에 남아 사랑의 보석 한 말로 빛나고 있다.

그 뒤로 가끔 은밀히 교무실로 나를 불러 점심을 챙겨 주셨다.

"영숙아. 지금은 모르지만 나중에 어머니가 되면 후유증이 올 수 있단다. 고집부리지 말고 이 밥 꼭 먹어. 여자의 몸은 너무나 중요한 거야."

선생님의 다정한 음성이 아직도 귓가에 생생하다.

그러나 그때는 그런 동정이 왜 그리도 싫었을까. 나는 선생님이 주신 점심을 한 번도 먹은 기억이 없다. 세월이 흘러 이제는 같은 서울 하늘 아래서 선생님도 나도 어머니가 되어 같이 늙어가고 있는 사실이 신기하다.

선생님이 처음 우리 집에 왔을 때, 문득 '넓고 넓은 바닷가에 오막살이 집 한 채'라는 노랫말이 떠올랐다고 했다.

이제는 나도 '가난은 죄도 아니고 흉도 아니며 오직 너를 키운 자산이었다'는 선생님의 말씀을 거부감 없이 받아들이는 나이가 되었다.

등단 패를 받은 날 저녁, 남편과 딸, 친구들과 함께 그 은사님을 모시고 식사하면서 자랑스럽게 남편에게 보리쌀 한 말 얘기를 했다. 그러자 은사님은 오히려 쑥스러워하셨다.

"그때 왜 내가 쌀을 사지 않고 보리쌀을 샀을까? 그만해라, 그 얘기 부끄럽구나."

그러나 그 어렵던 시절, 보리쌀 한 말의 의미는 아마 쌀 한 말보다도 더 깊이 그 시절의 모습을 보여준다. 30년도 훨씬 더 지난 지금, 그 보리쌀 한 말은 내 가슴속에서 싹이 나고 거듭거듭 수확을 거쳐 몇십 배 사랑의 자산이 되었다.

가까이 계시기에 언제나 마음만 먹으면 찾아가 뵐 수 있고, 비록 내가 받은 은혜의 일부분도 보답해 드리지는 못하지만, 내 모두를 알고 계신 분이기에 늘 포근한 마음의 안식처이다.

은사님의 앞날에 건강과 평안함이 늘 함께하길 빌며 나 또한 누군가에게 그토록 가슴 뭉클한 사랑을 심을 수 있는 삶이 되기를 소망해 본다.

바람의 얼굴

사월은 바람의 달이다. 겨울 동안 푸석푸석 건조해진 대지 위에 촉촉한 생기를 불어넣는 사월의 바람은 봄의 전령이다. 바람은 눈에 보이지 않는 몸짓으로 언제나 지나간 자리에서만 흔적을 남긴다. 바람은 지구의 영혼이라고도 할 수 있다.

육신을 지배하는 인간의 영혼처럼 실체를 드러내지 않는 바람은, 엄연히 존재하고 있으면서도 그 형상은 보이지 않는다. 다만 허공에서 너울대는 나뭇가지의 춤사위에서, 문풍지의 떨리는 음률에서, 그리고 하얗게 부서지는 파도의 포말 등에서 다양한 얼굴을 보여줄 뿐이다.

예년에 비해 유난히도 건조한 이 봄, 반갑지 않은 황사가 파란 하늘을 온통 뿌옇게 칠하더니, 어느새 집 안팎까지 휘덮고 말았다.

이렇게 울적한 날, 겨우내 어둠침침하던 회색빛 정원에 갑자기 환한 불이 밝혀졌다. 남편의 출생기념으로 심었다는 진달래가 꽃망울을 화사하게 터뜨렸기 때문이다.

해마다 보는 광경인데도 올해 진달래는 사뭇 환상적이다. 이어서 귀티 나는 자목련이 솜털 옷섶을 풀어헤치고, 하루가 다르게 탐스러운 꽃잎을 벙글거리기 시작한다.

그러나 매년 이때쯤이면 한두 번은 갑자기 기온이 내려가면서 꽃샘바람이 미친 듯이 몰아친다. 그 바람은 황홀한 자태를 뽐내고 있는 꽃들을 삽시간에 허물어뜨리는, 그야말로 영락없는 심술보 얼굴이다.

나는 어렸을 때, 도저히 감당해 낼 수 없었던 마파람의 횡포에 몹시 시달리면서 살아왔다. 내륙지대의 꽃샘바람이 물독을 깨뜨리는 장난꾸러기라면, 해변 마을의 마파람은 집채마저 쓰러뜨리는 행패꾼이라 해야겠다.

내 고향 서산은 서해와 맞닿은 해변 마을이다. 내가 살던 초가집은 '보릿고개'가 절정에 이르는 사월 하순쯤이면 거의 어김없이 '마파람의 홍역'을 치르게 된다. 남자 어른이 없던 우리 집은 위급하게 닥쳐오는 큰일 앞에서는 항상 속수무책으로 당할 수밖에 없었다.

나지막한 언덕배기에 엉성하게 지은 우리 집. 마파람이 심하게 부는 날이면 지붕에 얹은 이엉이 바람에 또르르 말려 버려 앙상한 서까래가 드러나기도 했다. 때에 맞추어 지붕 이엉을 새끼줄로 단단히 얽어매놓지 못했기 때문이었다.

계절풍에 속하는 이 마파람은 남쪽의 온기를 품고 있어, 살갗에 닿는 감촉은 제법 포근했다. 하지만, 어린 내 마음은 바람개비처럼 어지럽기만 했다. 그 마파람은 가난과 외로움에 찌든 내 텅 빈 마음을 사정없이 훑고 지나가던 매정한 바람이었다. 내가 가까이할 수 없는 표독한 얼굴이었다.

그러나 솔솔 불어오는 봄바람의 얼굴은 상큼한 연둣빛이었다. 다정한 연인의 숨결처럼 따사롭고 부드러웠다. 그런 봄바람은 아지랑이 아른거리는 논두렁길에서 파릇파릇 돋아나는 새싹들의 풀 내음을 실어 왔다. 그 풋풋한 내음이 코끝을 스칠 때면, 어린 내 가슴은 저절로 커다란 풍선처럼 부풀어 올랐다. 이렇듯 봄바람은 겨우내 닫혔던 마음을 솔솔 불러내서 답답한 빗장을 풀게 했다.

흙담을 한 바퀴 돌던 바람은 노랗게 웃는 개나리 가지 위에 한가롭게 머물기도 했다. 논두렁을 타고 오는 바람은 실버들 어우러진 연못가에서 휘휘 낭창거리며 물속에 몸매를 비춰보기도 했다.

냉이 싹들이 옹기종기 모여 앉은 마당 가를 지나는 바람은 어미 닭의 날개 속에 숨어 있던 갓 깨어난 병아리 솜털을 포르르 날려 보기도 하고, 나물 뜯는 단발 소녀의 나풀거리는 머리카락을 토닥토닥 쓸어주는 여인의 보드라운 손길처럼 느껴졌다.

나는 봄바람이 빚어내는 아름다운 얼굴 중에서도 보리밭을 지나며 풀어놓는 초록빛 파도를 좋아했다. 겨우내 눈보라를 이겨낸 보리 싹들은 하루가 다르게 쑥쑥 자라 올라 마치 초록색 융단을 깔아놓은 듯했다. 그 밭이랑으로 살금살금 바닷바람이 기어 올라왔다. 짭조름한 갯내음을 실은 그 바람은 신작로를 가로질러서 보리밭으로 밀려왔다. 그 바람이 보리 싹과 입맞춤하고 지나가면, 뒤쫓는 바람은 파르르 떠는 보리를 어루만지며 파도처럼 출렁댔다. 보리 잎은 앞뒤 모두 초록이지만 뒷면은 약간 흰빛을 띠어 그 위로 바람이 지나면 마치 파도의 이랑이 몰려오는 것 같았다. 그 파도의 이랑에서 포롱포롱 날아오르던 종다리들은 힘겹게 날갯짓해 보지만 파력(波力)에 눌려 그만 제 자리에 다시 내려앉고 만다.

이런 정경들은 어린 내 눈에도 동화 한 편을 보는 듯한 감동이었다. 파도처럼 너울거리는 그 바람 무늬를 보고 있노라면 가슴속에서는 새로운 희망이 출렁거렸다. 싱그러운 풋보리 내음을 가득 머금은 채로 내 마음도 초록으로 물들어 갔다.

보리 이삭이 나오면 채 여물기도 전에 찐보리를 만들어 춘궁기의 허기를 채워야 했으니, 보리는 곧 푸른 희망이기도 했다.

얼마 전, 어느 예술가 모임에서 보리밭의 아름다운 정경을 회상하는 대화를 나누게 되었다. 그 자리에서, 내가 그토록 아름다운 영상으로 간직했던 보리밭 파도를 '맥랑(麥浪)'이라고 부른다는 사실을 처음으로 알게 되었다. 요즈음은 아주 희귀한 풍경이 되어 버려, 사진작가들은 좋은 작품을 얻기 위해 전국 곳곳을 누비며 보리밭을 일부러 찾아다닌다고 했다.

나도 푸르름으로 출렁대던 그 바람의 얼굴을 불현듯이 다시 보고 싶다. 지금 지명의 문턱에 서 있는 내가 바람이라면, 내 얼굴은 과연 어떤 모습일까.

하늬바람에 밀려 석양에 걸린 한 가닥 애련한 구름일까. 서걱서걱 말라버린 몸을 비비며 끝없는 바다를 향해 휘적거리는 갈대의 모습은 아닐까. 어떤 모습을 지닌다 하더라도 나는 한 줄기 바람이고 싶을 때가 있다. 그러나 높새바람, 마파람, 삭풍과 같이 고통과 외로움을 몰고 오는 바람은 싫다.

내 육신의 구속을 벗어나 진정한 내면의 자유를 향유하는 그런 바람이고 싶다. 비록 지금의 내 형체를 잃을지라도, 마른 가지에 새잎을 돋우고 그 위에 꽃을 피워 삶의 생기를 불어넣는 희망의 바람이고 싶다.

드러내지 않는 숨결만으로도 내 존재를 확인하며, 여린 몸짓으로나마 찬란한 꿈을 심어주고, 그곳에 새 생명을 싹틔우는 경이로운 바람이고 싶다. 그리하여 잎으로 꽃으로, 열매로, 낙엽으로, 내가 지나가는 자리마다 부푼 희망을 일깨우는 바람의 얼굴이 되고 싶다.

끔찍한 꿈

시와 수필로 등단한 후, 내 삶의 사유와 흔적들을 찾아 무작정 쓰는 일에 즐거움을 느낄 때였다. 글 쓰는 일은 곧 나 자신과 조우하는 일이었고, 동시에 세상에 나를 드러내는 일이기도 했다. 하지만 내 글을 읽는 독자들이 늘어나자, 나는 학력 콤플렉스에 점점 깊이 빠져들었다.

한국전쟁이 휴전되자마자 태어난 나는 유년 시절을 지독하게 가난하게 보냈다. 고등학교에 가고 싶은 마음이 절실했지만, 중학교 과정을 끝으로 학업을 포기할 수밖에 없었다. 환경의 굴레 때문에 생긴 학력 콤플렉스가 늘 나를 괴롭혔다.

문학의 길에 들어서서 시인이 되고 수필가가 되었지만, 배움의 갈증은 오히려 더 깊어졌다. 내 보잘것없는 실체를 누가 알게 되면 어쩌나, 스스로 위축되기 일쑤였다.

내 글을 읽는 사람들은 내가 적어도 고등학교 이상은 나온 줄 알았을 것이다. 몇몇 사람은 내가 당연히 대학을 나왔을 거라 짐작하며 전공이 뭐였냐고 묻기도 했다. 문인들과의 교류가 늘어날수록 나는 점점 더 주눅이 들었다.

학력 콤플렉스는 꿈에서조차 나를 놓아주지 않았다. 계속해서 같은 꿈이 반복되었다. 그 꿈을 꾸고 나면 더 초조하고 불안했다.

*

나는 시험지를 받아 펼친다. 첫 문제는 아주 쉬워 술술 풀었다. 다른 애들이 끙끙거리는 게 보인다. 나는 우등생답게 문제를 척척 풀면서 어깨가 으쓱거린다.

그러나 뒤로 갈수록 막히기 시작한다. 무슨 문제인지조차 이해할 수 없다. 아무리 문제를 꼼꼼히 읽으려 해도 글자가 춤을 추는 듯, 도저히 무슨 글자인지 아리송하다.

나는 점점 초조하고 불안하다. 손바닥에 땀이 밴다. 등에선 식은땀이 흐른다. 당황해서 주변을 둘러본다. 모두 낯선 고등학생이다. 그들은 문제를 푸느라 연필 소리만 사각사각 내고 있다.

나는 당황스러워 나 자신의 모습을 살핀다. 교복이 아니다. 조금 전에 밥하고 빨래하던 옷을 입은 채다. 나는 그제야 중학 과정을 끝으로 고등학교에 가지 못한 걸 깨닫는다.

나는 자리에서 일어나 밖으로 나오려고 황급히 몸을 일으킨다. 얼른 이곳을 빠져나가고 싶어 두리번거린다. 그러나 문이 보이지 않는다.

낯선 학생들이 일제히 나를 바라본다. 얼굴이 확확 달아오른다. 나는 허둥지둥 나가는 문을 찾다가 눈을 번쩍 뜨며 잠에서 깨어난다.

*

배움의 갈증을 끌어안고 산 지 어느새 서른두 해째였다. 고등공민학교를 졸업한 후 그때까지, 수시로 내가 꾼 그 꿈의 배경은 얄궂게도 늘 똑같았다. 내 딸과 아들이 중학교에 다닐 때도, 고등학생이 되었을 때도, 어느덧 대학생이 된 그때까지도 말이다.

그 꿈을 꾸고 나면 나는 가슴이 답답했고 식은땀이 흘렀다. 누가 나의 실체를 알까 봐, 마치 도둑질하다 들킨 사람처럼 깜깜한 방 안을 두리번거리곤 했다.

황진이가 되고 싶었던 여인

집에서 가까운 숙명여대 평생교육원 문예창작과에서 수필을 배울 때였다. 그때 그곳에서 알게 돼 인연을 맺은 분이 있다. 생각할 때마다 바로 어제 만난 듯 생생하게 떠오르는 분이다. 이학 여사. 지금은 이 세상에 계시지 않는다.

이학 여사는 첫 만남부터 내게 진정한 용기를 보여주었다. 여사는 막내딸, 아니 어쩌면 손녀딸 같은 사람들이 글을 쓰겠다고 모인 수필 창작반에 일흔여덟의 노구를 이끌고 오셨다.

운전기사의 부축을 받으며 교실에 들어선 첫날, 자기소개하는 시간이었다.

"황진이가 되고 싶었던 여인 이학입니다."

이학 여사의 말을 듣는 순간 범상치 않은 분임을 간파했다. 마음속으로야 얼마든지 그렇게 생각할 수 있겠지만, 한참 어린 사람들 앞에서, 또 젊은 선생 앞에서 용기 있게 속내를 드러내기란

쉽지 않기 때문이다.

왜 수필 창작반에 오게 되었는지를 이야기할 때도 그분의 말씀은 의미가 깊었다.

"수도 놓아보고, 장구를 치며 소리도 해보고, 묵향에 젖어 글씨도 써 봤는데, 예술의 최고 경지는 문학이라는 걸 알았습니다. 그래서 죽기 전에 최고의 경지에 도전해보고 싶어 왔습니다."

이학 여사의 말에 모두 무슨 말인가 할 때였다.

"수는 밑그림을 보고 그림대로 수 바늘을 쥐고 한 땀 한 땀 하다 보면 자수가 됩니다. 서예는 스승이 쓴 체본 대로 글씨를 연습하다 보면 어느 땐가 자기 서체가 나옵니다. 그런데 문학은 밑그림도 없고 체본도 없습니다. 아무것도 없는 무에서 유를 탄생시키는 게 문학 아닐까요. 나는 그래서 문학이 무에서 유를 창조하는 최고의 예술이라고 생각합니다."

여사의 말에 수강생들의 격도 덩달아 올라간 것 같았다.

하지만 그 말은 어린 사람들 앞에서 자신을 낮추는 겸손의 말이었다. 어느 분야든 대가가 되려면 각고의 노력과 끼가 있어야하고, 예술 분야는 등위가 있을 수 없다는 것을 그분이 왜 모르겠는가.

이학 여사 덕분에 수필반의 열기는 더 뜨거워졌다. 여사가 써오는 글을 읽으며 숙연해질 때도 많았다. 무엇보다 그 연세에 새롭게 시도하는 도전정신은 우리에게 많은 용기와 교훈이 되었다.

여사는 일주일에 한 편씩 글을 발표했다. 처음에는 자필로 써

왔는데, 얼마 후부터는 내가 여사의 글을 워드로 바꾸는 작업을 해드렸다. 여사가 쓴 글은 운전기사를 통해 내게 전달되었고, 나는 그 글을 워드로 바꿔 수업시간에 읽어드렸다. 그분에게 작은 도움이라도 되려 한 일인데, 그 일로 여사와 나는 더 돈독해졌다.

3학기를 다니는 동안, 이학 여사는 일주일에 한 편씩 꼭 글을 썼고, 그 글을 모아 자서전 『황진이가 되고 싶었던 여인』을 팔순에 펴냈다.

그 책이 나오기까지 곁에서 도와드렸는데, 여사는 내가 남편 때문에 맘대로 외출하지 못하자 내 도움이 필요하면 그때마다 우리 집으로 찾아왔다.

어느 날, 이학 여사가 내 남편에게 말했다.

"당신 부인의 시간을 빼앗아서 정말 미안합니다. 이 늙은이가 너무 미안해서 예를 표하니 거절치 말고 받아주면 고맙겠어요."

말을 마친 이학 여사는 남편에게 정중하게 절을 했다. 순간 얼마나 당황스러웠는지. 그 후로 남편과 부부싸움을 할 때면 우스갯소리를 하기도 했다.

"국무총리 부인한테 큰절까지 받게 해 줬으면 됐지, 뭘 더 바라요."

이학 여사는 2004년에 여든넷의 나이로 돌아가셨다. 일흔여덟에 나와 처음 만났으니, 만 6년을 문학 하는 문우로, 인생의 선배로, 허물 없는 친구로 많은 시간을 함께했다.

여사는 선문답 같은 유머로 나를 일깨우기도 했다. 1998년에 일흔여덟이면, 현재로 치면 거의 백 살에 맞먹는 연세였다. 그런 분이 문학이란 장르에 새롭게 도전하여 당신의 일생을 더듬으며 글을 썼고 그 글을 묶어 자서전을 남기고 가셨다.

나는 여사의 자서전을 편집하면서 그분이 살았던 윗대의 삶을 간접 체험하는 소중한 기회를 누렸다. 지금 돌이켜보면 내가 드린 도움보다 얻은 게 더 많다.

여사가 돌아가신 후 나는 대학에 갔고, 시인과 수필가에서 창작동화 작가로 삶이 바뀌었다. 나는 이학 여사가 돌아가신 지 4년 후인 2008년에 『궁녀 학이』를 세상에 내놓았는데, 여사의 자서전에 나오는 후처 할머니였던 궁녀 이야기에서 소재를 얻은 것이다. 여사를 만나지 않았다면 쓸 수 없었을 책이다. 이학이라는 이름이 너무나 매력적이어서 주인공 이름을 학이로 했다.

얼마나 귀한 인연인가. 인생을 살아가면서 오래오래 서로 영향을 미치는 만남이 세월을 더할수록 더 소중하게 느껴진다.

전남 함평이 고향인 이학 여사는 남도 특유의 해학이 넘치는 분이었다. '말짱 꽝이야'라는 말을 자주 하셨는데, 인생을 비유한 것이 아닐까.

말짱 꽝.

인생은 돌아보면 모든 게 뜬구름 같음을 은유적으로 표현한 듯하다.

언젠가 수업이 끝난 후 문우들과 함께 이학 여사의 차를 타고 북악산 팔각정에 오른 일이 있었다. 나는 30여 년이 넘도록 서울 생활을 했어도 그곳이 처음이었다. 팔각정 위층에 있는 '구름 위의 찻집'에서 차를 마실 때였다.

이학 여사는 중국 계림을 다녀온 후의 감상을 들려주었다. 여행이라면 남달리 갈증을 느끼던 나는 우물 안 개구리 같은 현실에서 벗어나고 싶었다. 여사가 내 속내를 읽고 이렇게 말했다.

"암탉이 달걀을 낳고 스무하루를 품어 병아리들이 나오면, 병아리 중에 유독 한 마리가 모이도 더 날쌔게 주워 먹고 다른 병아리들보다 빨리 자라지. 그런데 어느 날, 집에 손님이라도 오는 날엔 그 한 마리가 주인의 눈에 띄어 그만 손님상에 오르는 신세가 돼. 날개라도 다 자랐으면 잡힐 순간에 지붕 위로 훌쩍 날아오를 수라도 있을 텐데, 그만 너무 일찍 앞서 자란 게 화가 되어 불행을 자초한 꼴이지. 지금 현실을 안타까워하지 말고 숨은 듯, 묵묵히 내실 있게 해서 어느 날 주인이 잡으려 할 때 성숙한 날개로 훨훨 날아오를 힘을 길러. 그다음엔 어느 누구도 그동안 갈고 닦은 날개의 힘을 어쩌지 못할 터이니."

지금도 이 말은 내게 큰 교훈이 된다. 이학 여사는 이제 이 세상에 없지만, 그분이 내게 준 말씀과 지혜는 내 안에서 문득문득 나를 일깨운다.

32년 만의 도전

2002년 2월 어느 날이다. 용기를 내어 집에서 가까운 검정고시 학원에 찾아갔다. 직원에게 교재만 살 수 있는지 물었다.

"교재만 갖고는 어려워요. 낮 시간이 안 되시면 밤에라도 수업을 받으시는 게 좋아요."

교재만 팔라고 조르는 나에게 검정고시 학원에선 말도 안 된다며 고개를 흔들었다.

"학교 그만둔 지 30년이 넘었다면서요. 대입 검정고시가 그렇게 만만하지 않아요."

"알아요. 그런데 수업 들을 시간이 없어서 그래요. 그냥 교재만 사려고 왔어요."

나는 다시 교재를 팔라고 막무가내로 졸랐다. 식구들 몰래 시도하는 일이라 드러내놓고 학원에 다니고 싶지 않았다. 게다가 외출할 때마다 번번이 막아서는 남편 때문에도 학원 수강은 불가능했다.

학원에서는 내 끈질긴 요구에 마지못해 교재를 팔면서, 일주일에 한 번씩이라도 학원에 나와 도움을 받으라고 했다.

나는 그날부터 식구들 눈에 띄지 않는 곳에 교재를 감춰놓고 아무도 없을 때만 꺼내서 도둑 공부를 했다. 그로부터 6개월 후, 그해 8월에 있는 검정고시 시험날짜를 확인하고 응시원서를 냈다.

다시 내 고민이 시작되었다. 산 넘어 산이었다. 시험 날은 아침부터 저녁까지 집을 온전히 비워야 했기 때문이다.

'남편에게 뭐라고 말해야 할까.'

어떻게 시간을 내서 시험 보러 갈지 앞이 막막했다.

궁리 끝에 딸에게 어렵게 입을 열었다.

"내 부탁 좀 들어줄래? 아니, 꼭 들어줘야 해."

"엄마, 뭔데 그렇게 심각해?"

딸은 또 자기 아빠 때문인가 싶어 불안하게 물었다.

"나 대입 검정고시 보려고."

"검정고시! 엄마가? 무슨 말이야?"

화들짝 놀란 딸의 눈이 휘둥그레졌다.

"실은 나, 중학교밖에 못 다녔어. 그래서 이번에 대입 검정고시를 볼 건데, 시험이 아침부터 저녁까지 종일이더라. 게다가 시험 장소도 너무 멀어. 하계동에 있는 학교래. 집에서 일찍 나가야 하는데, 새벽부터 밤까지 종일 집을 비워야 하는데 아빠한테 사실대로 말할 수가 없어. 네 아빠도 내가 고등학교는 졸업한 줄 알 텐데 창피하기도 하고, 또 이제 와서 새삼스럽게 그만 걸 뭐 하러 보내냐고 화를 낼 것 같기도 하고. 그래서 말인데 네 학교가 여자대학이니까 학교에서 아침부터 오후 늦게까지 모녀특별캠프를 연다고 하면 어떨까? 그럼 아빠도 아무 말 없이 보내주지 않을까? 나 좀 도와주라. 나와 함께 나가서 넌 도서관 가서 공부하고 있으면 안 될까?"

"알았어, 엄마. 나랑 함께 가. 그렇게 할게."

딸은 흔쾌히 고개를 끄덕여 주었다.

식구들은 그때까지 내가 고등학교를 졸업한 줄 알았다. 내가 졸업한 '고등공민학교'가 고등학교인 줄 알았기 때문이다. 나도 굳이 설명하지 않았으니까.

딸은 아주 어릴 때부터 18세기 황제라는 별명이 붙을 정도로 보수적인 자기 아빠를 상대로 내 보호자 역할을 자주 해줬다. 식구 중 나를 가장 잘 이해해주는 사람이 딸이었다.

"그런데 엄마, 공부는 언제 했어? 준비는 제대로 한 거야?"

딸은 나를 동정하는 듯한 눈길로 물었다.

"누가 알까 봐 몰래몰래 했어. 올해 초부터 교재만 사다가 그냥 집에서 몰래 몰래."

"엄마, 대단하다. 난 전혀 몰랐네."

딸이 나를 바라보며 안타깝다는 듯 말했다.

"나는 정말 공부를 더 하고 싶었는데, 가난 때문에 기회를 놓쳤어. 시인이 되고 수필가가 되었지만, 누가 내 학력을 알까 봐 늘 조마조마해. 그래서 대입 검정고시 준비를 했어. 만약 통과하면 방통대라도 들어가고 싶거든. 고맙다. 이해해줘서."

딸은 내 연극 각본대로 자기 아빠에게 온종일 학교에서 모녀 캠프를 연다고 했다. 그리고는 나에게 하루를 온전히 내주었다.

드디어 대입 검정고시 시험을 보는 날, 일찍 눈이 뜨여 시계를 보니 새벽 다섯 시였다. 시험장이 집에서 워낙 멀어 여덟 시까지 시험장에 입실하려면 여섯 시에는 출발해야 여유가 있었다.

서울에 30년 넘게 살았어도 한 번도 가보지 않은 동네, 하계동에 있는 하계중학교가 검정고시를 치르는 시험장이었다. 나는 딸이 자는 방으로 가서 미안한 마음으로 딸을 깨웠다.

"졸리지? 미안해. 일어나야 할 시간이야."

딸이 몸을 뒤척이며 눈을 감은 채로 물었다.

"응, 알았어. 일어날게. 좋은 꿈 꿨어?"

나는 딸의 말에 코끝이 찡했다.

"응. 그냥."

나는 대충 얼버무리고 서둘러 아침을 준비해놓고 새벽길을 나섰다. 고등공민학교를 졸업한 지 32년 만이었다. 나는 앞서가는 대학생 딸이 대견하고 부러웠다.

시험장에 도착하니 마킹 펜을 파는 아주머니들이 교문 앞에서 북적거렸다. 한쪽에선 커피와 토스트도 팔고 있었다. 마킹 펜을 사려고 아주머니한테 다가갔더니 딸이 시험 보러 온 수험생인 줄 알고, 펜을 딸에게 내밀며 '시험 잘 쳐요'라고 격려했다.

수험생은 단연 아이들이 많아 보였다. 나처럼 50대는 눈에 잘 띄지도 않았다.

"엄마, 파이팅!"

시험장으로 들어가는 나를 향해 딸이 손가락으로 V자를 그렸다. 교실에 들어가니 역시 아이들이 대부분이었다. 나이가 많아 보이는 사람이 들어오면 나는 그저 반가웠다.

책상에 앉아 검정고시를 보겠다고 결심했을 때를 떠올렸다. 살아온 이력 때문인지 영어와 수학, 과학을 빼놓고는 공부가 그리 어렵게 느껴지지 않았다. 우선 쉬운 과목부터 하나하나 떼어 나갔다.

하지만 고등학교 문턱을 밟지 못한 나에게 수학은 정말 어려웠다. 다른 과목은 단계를 건너뛰어도 이해할 수 있었지만, 수학은 단계를 건너뛰면 등잔불도 없는 완전한 깜깜 나라였다.

수학은 문제풀이만 매달려 이런 문제는 이런 유형의 답이구나, 정도만 익힐 수밖에 없었다. 그야말로 수학은 내게 장님 코끼리 다리 만지기라 해야 할 정도로 어려웠다.

시험장에 앉아 출석체크를 받고 기다리는 마음이 무척 초조했다. 시험은 한 시간에 두 과목씩 치르게 되어 있었다.

첫 시간은 내가 가장 자신 있는 국어와 도덕이었다. 둘째 시간 가정과 국사도 기본 점수는 훌쩍 넘은 것 같았다. 가정은 그동안 살아낸 삶의 이력이 실력이 되어줬고, 국사는 특별히 내가 좋아하는 과목이라서 무척 쉬웠다.

나는 시험시간마다 시험지 한쪽에 내가 쓴 답을 모두 적었다. 답안지에 옮겨 적으면서도 그때마다 정확히 아는 답이 몇 개인지를 꼭 체크했다. 지금까지 본 과목들은 다행히 모두 합격선 위였다.

점심 시간엔 밖으로 나와 근처 도서관에서 공부하던 딸을 만나 함께 식당으로 들어갔다. 가부장적인 남편과 살면서 때때로 딸을 내 보호자처럼 느낄 때가 많았다. 그날도 딸이 보호자처럼 느껴져 미안함이 앞섰다.

"어땠어?"

딸이 어른스럽게 물었다.

"응, 지금까지 본 것들은 다 통과했을 것 같아. 특히 국어와 가정은 아주 쉬웠어. 어쩌면 만점 나왔을지도 몰라. 국사도 안정권은 넘었을 거고. 그런데 수학이 걱정이야."

딸이 내 앞에 있는 컵에 물을 따르며 진지하게 말했다.

"엄마, 난 엄마가 자랑스러워. 누구도 엄마가 고등학교도 나오지 않았다는 걸 생각하지 못했을 거야. 나도 그랬으니까. 엄마가 도전하는 것 보고, 오늘 나도 공부 열심히 했어."

나는 딸의 말이 목에 걸려 얼른 물을 마셨다.

"엄마, 지금 이대로도 엄마는 훌륭해. 앞으로 나도 엄마의 꿈을 응원할게."

"알았어. 고마워."

점심식사를 마치고 딸은 도서관으로, 나는 다시 수험장으로 들어갔다.

영어 시험지를 받아들며 바짝 긴장했다. 지문엔 아는 단어들이 많았지만, 문법엔 약한 터라 대충 무엇을 묻는지에 고민했다. 그렇게 어렵게 느껴지진 않았다. 그나마 회화를 배운다며 직장생활을 할 때 영어회화 학원을 들락거렸던 게 조금이나마 독해하는 데 도움이 되었다. 확실히 아는 답의 개수를 적으며, 영어도 합격선 위라는 걸 확인했을 때는 가슴이 쿵쿵 뛰었다. 나는 점점 자신이 붙었다.

드디어 수학 시험지를 받아들었다. 다른 과목은 모두 25문항인데, 수학은 20문항이었다. 최소한 8개를 맞춰야 과락을 면했다. 시험지를 펼치고 지문을 읽을 때였다.

나는 무슨 답을 요구하는지 지문조차 이해할 수가 없었다. 아무리 들여다봐도 낯선 외국어를 대할 때처럼 앞이 턱 막혔다. 지문을 도저히 해독할 수 없었다. 나는 자신이 얼마나 한심한지 몰랐다.

'찍자. 찍는 수밖에 없어. 세상에 한 문제도 모르다니 어쩜 이럴 수가 있을까?'

나는 찍는 데도 나름 원칙을 세웠다. 플러스 기호와 마이너스 기호가 섞인 문제에서 마이너스와 플러스의 총수가 홀수가 나오면 무조건 마이너스 기호의 답을, 총수가 짝수인 문제는 무조건 플러스 기호가 있는 답만 찍었다. 문제를 풀어야 시간이 걸릴 텐데 기호를 세어 짝수냐 홀수냐만 가리니 금세 20문항이 끝났다. 하지만 기본 시간 20분이 지나야 답안지를 내고 교실에서 나갈 수 있었다. 나는 그 시간이 될 때까지 멍하니 앉아 있었다. 다시 들여다보고 고치면 왠지 찍은 답도 틀릴 것만 같았다. 어차피 한 문제도 모르는데, 더 들여다본다고 나아질 리도 없었다.

나는 고등공민학교에 다닐 때도 문제의 답이 알쏭달쏭해 고치고 나면 항상 먼저 답이 맞았던 것을 떠올리며 고치지 않았다. 이윽고 기본 시간 20분이 지나자마자, 가장 먼저 답안지를 내고 밖으로 나왔다. 보나 마나 뻔했다. 수학은 과락일 것이다.

다음 시간 과학시험도 마찬가지였다. 수학보다 나은 건 그래도 아는 문제가 몇 개 있었고, 지문이 뭘 요구하는지 이해할 수 있는 정도였다. 하지만 깜깜하긴 수학이나 과학이나 마찬가지였다. 나는 과학도 아는 문제만 답을 고르고 모르는 건 수학처럼 찍었다. 혹시나 했던 기대가 점점 사라지는 기분이 들었다.

산 넘어 산

시험을 끝내고 나니 그 끔찍한 꿈을 다시 꾸게 될 것 같아 슬펐다. 학력 콤플렉스 때문에 늘 꿈에서조차 식은땀 흘리는 그런 꿈을 제발 더는 꾸지 않기를 바랐다. 그런데 시험이 끝나자 그 허탈감이 이루 말할 수 없이 컸다.

'그래. 한 번에 합격을 기대하는 게 무리지. 몇십 년 주렸는데, 그렇게 쉽게 합격하겠어? 과락이 나오는 게 당연해. 어차피 늦은 거 조급해하지 말자.'

딸이 교문에서 기다리고 있다가 내 얼굴을 보고 금세 알아차렸는지 담담하게 말했다.

"엄마, 시작이 반이라잖아. 문제가 어려웠나 봐?"

보통의 딸과 보통의 엄마가 주고받는 대화가 아니라, 나와 딸의 역할이 바뀐 것 같았지만 기댈 사람은 딸밖에 없었다.

"세상에 내가 얼마나 한심한지, 글쎄 수학은 한 문제도 모르겠더라. 뭘 묻는 문제인지조차 모르겠어. 부탁이 있어. 너 다음 시험 볼 때까지 나한테 수학 과외 좀 해 주라."

"알았어. 걱정하지 마."

대학에 가자마자 과외로 아이들을 가르쳤던 딸이 선선히 대답했다. 나는 그런 딸이 무척이나 고마웠다. 조금은 부끄러웠지만 딸한테는 사실대로 말했다.

"과학도 떨어질 것 같아. 아무래도 담에 두 과목은 새로 봐야 할 것 같아."

"엄마 혼자서 도둑 공부 했잖아. 그것도 겨우 6개월. 엄마 나이에 과락이 두 개밖에 안 나오는 것도 엄청 잘한 거야. 학원에 다녔으면 더 잘했을 텐데."

나는 제법 어른처럼 위로해주는 딸이 고마워서 코끝이 찡했다. 나이 쉰에 이르러 아쉽게 멈췄던 공부를 다시 시작했는데, 한 번에 합격하지 못했다 해서 절망할 수는 없었다.

'딸에게 몇 달만 과외받아 다음번에 합격하면 되지. 뭐. 괜찮아.'

나는 스스로 다짐하듯 위로했다.

집에 돌아와 남편한테는 딸과 한 연극을 그럴듯하게 마무리했다.

"오늘 행사 참 재밌었어요. 역시 여자대학교라서 특별한 행사를 하나 봐."

나는 묻지도 않는 남편에게 먼저 너스레를 떨었다.

급히 저녁을 준비해 식사를 끝낸 후에도 마음은 두근두근했다.

그래도 혹시나 해서 정답과 맞춰보고 싶었다. 아홉 시가 넘으면 인터넷으로 정답을 조회할 수 있었다.

나는 서둘러 대입 검정고시 사이트에 접속하고 정답을 적어나 갔다. 그리고 정답을 제대로 적었는지 몇 번이나 확인한 후, 정답과 시험지에 표시했던 답을 들고 화장실로 들어갔다.

누가 화장실로 들어올까 봐 미리 연막을 단단하게 쳤다.

"속이 안 좋은데, 누구 급히 화장실 쓸 일 없지. 나 오래 걸릴 것 같아."

아무도 내 속내를 알아채지 못하고 대꾸가 없었다. 화장실에 들어가자마자 나는 돋보기를 쓰고 과목마다 정답과 맞춰나갔다

쉽다고 생각한 과목들은 예상대로 점수가 잘 나왔다. 마음이 조 마조마해서 수학은 맨 나중에 맞춰보기로 하고, 조금은 불안한 영 어를 확인했다. 68점이었다.

나는 속으로 야호를 외친 후 다시 과락을 예상한 과학 정답과 맞 췄다. 딱 60점이었다. 이제 수학만 남았다.

'제발. 찍은 답 중에서 여덟 개만 맞아 준다면 얼마나 좋을까.'

가슴에서 콩 볶는 소리가 들렸다. 40점만 넘기면 이미 평균이 60점을 훌쩍 넘겼으니 합격인 셈이었다.

'아는 문제가 한 문제도 없어서 찍기만 했는데, 과연 여덟 개 이 상을 맞출 수 있을까.'

크게 심호흡을 하고 한 문제 한 문제 내가 찍은 답을 정답과 맞 춰나갔다. 거의 다 틀린 듯했지만 가끔 한 개씩 가물에 콩 나듯 맞

는 답이 나왔다. 나는 가슴이 타들어 가는 것 같았다. 다섯 개, 여섯 개, 일곱 개. 하나만 더, 제발. 드디어 여덟 개. 이제 되었다.

'혹시 잘못 본 게 아닐까.'

나는 눈을 비비고 다시 확인했다. 맞은 답이 아홉 개였다. 믿기지 않아 다시 처음부터 정확하게 세어 보았다. 분명했다. 아홉 개. 여덟 개만 맞춰도 되는데, 아홉 개나 맞은 거였다.

나는 화장실이 떠나가게 소리치고 싶었다. 전 과목 합격이었다. 이제 내가 드디어 고등학교 졸업 자격을 딴 것이다.

눈물이 마구 쏟아졌다. 몇 년 만인가. 1971년부터 2002년까지 32년 동안 배움에 허기진 세월이었다. 그런데도 나는 그 기쁨을 숨겨야 했다. 아직은 남편한테 모두 털어놓을 수가 없었다.

나는 딸의 방으로 들어가 딸한테만 말했다.

"과외 안 받아도 되겠어. 아홉 개나 맞았어. 수학 말야. 나도 꿈같아."

"정말! 엄마 축하해."

딸도 기뻐했다. 나는 여러 번 크게 심호흡하면서 마음을 안정시켰다.

"엄마도 대학이란 델 다니고 싶어. 일반 대학은 돈도 그렇고 시간도 내기 어려울 테니까 방송통신대학이라도 갈 거야. 엄마 도와줄 거지?"

"내가 도와줄 일이 뭐 있을까. 엄마는 항상 못하는 게 없이 잘해왔잖아. 지금도 그렇고. 잘했어. 엄마. 도울 게 있으면 뭐든 도와줄게."

"아빠를 어떻게 설득할까. 내가 말하면 미쳤다고 할 거야. 아빠는 남편 뒷바라지나 잘하고 살림이나 잘하라고 하겠지."

산 넘어 산일 것이다. 그때까지도 남편은 나를 무조건 자기 안에 가두려는 사람이었다.

그러나 나는 이제 시작이라고 생각하기로 했다. 오늘 합격한 대입자격 검정고시 합격증은 꼭 사용할 것이다. 고입자격 검정고시 합격증처럼 무용지물로 만들 수는 없었다. 아니, 지금 이 순간 고입자격 합격증도 제 몫을 다한 셈이다. 나에게 그게 없었더라면 대입 검정시험도 칠 수 없었을 테니까.

32년 만에 고입자격 검정 합격증이 제 몫을 다했다 생각하니, 고등학교에 진학하지 못하고 생활전선으로 나서야 했던 나를 그토록 안타까워하고 애달아 했던 고등공민학교 때의 은사들이 떠올랐다.

'그래. 이제 시작이야. 이제라도 그분들에게 기쁜 소식을 전하자. 난 꼭 대학이란 델 가고 말 거야."

나는 방송통신대학에 입학하기 위해 이것저것 알아보았다. 내가 하고 싶은 공부는 국문학이었다. 남편 몰래 방송통신대학에 원서를 냈고, 합격한 후에는 신입생 오리엔테이션에도 참석했다.

그런데 검정고시를 준비할 때처럼 집에서 교재로 방송만 보며 공부하는 줄 알았는데, 내 생각과 많이 달랐다. 방송통신대학은 학기별로 2주씩 수업에 꼭 출석해야 하고, 출석수업 시험을 봐야 했다. 1년에 두 번씩 하루도 아니고 2주 동안 남편 허락 없이 집을 비우는 일은 나에게 완전히 불가능한 일이었다.

늦깎이 대학 생활

남편 몰래 대학공부를 해보겠다던 내 목표는 도저히 이룰 수 없게 되었다. 그렇다고 포기할 수는 없었다. 지금까지는 남편에게 순종하며 살았지만 이번만은 내 의지를 기필코 관철하기로 했다.

'남편과 상의하자. 이것도 못 하게 한다면 정말 부부 사이가 아니야. 내가 그동안 어떻게 살아왔는데, 만약 안 된다고 하면 나도 바보처럼 가만있지 않을 거야.'

각오를 단단히 다지고 적절한 시기를 엿보았다. 우선 남편이 술에 취했을 때는 피해야 했다. 그러나 거의 매일 술을 마시기 때문에 적당한 시간을 잡기가 쉽지 않았다.

출석 수업을 해야 할 날이 하루하루 다가와 마음은 초조하기만 했다. 이제 더 미룰 수가 없었다. 나는 목소리를 가다듬고 남편에게 드디어 말을 꺼냈다.

"저기, 나 자기한테 부탁이 있어요."

내가 듣기에도 평상시의 내 목소리가 아니었다. 남편의 눈이 갑자기 커졌다. 남편도 평소 내 모습과 다른 것을 느낀 것 같았다. 나는 연이어 말했다.

"내 부탁 꼭 들어줘야 해요. 정말 꼭 들어줘야 해요."

"갑자기 무슨 일인데?"

남편의 신경이 조금 곤두선 것 같았다. 뜸 들이는 것도 불안해서 급히 말했다.

"나 오랫동안 꾼 꿈인데, 당신한테 말하면 미쳤다고 할까 봐 말을 못 꺼내겠어요. 무조건 들어준다고 약속부터 해 줘요."

남편의 눈길이 불안하게 흔들렸다.

"뭔데 그래? 돈 문제야? 아니면 뭐 비싼 거 사달라는 거야?"

남편의 언성이 보통 때보다 높아졌다. 나는 더욱 단호하게 말했다.

"내가 언제 뭐 사달란 적 있어요? 그런 거 아니에요. 당신에게 해가 되는 것도 아니고, 당신이나 우리 집 명예를 훼손하는 일도 아니에요. 그냥 당신이 이해만 해주면 되는 거니까 꼭 들어줘야 해요."

"말을 해야 들어주고 말고 할 거 아니야? 뭔데 그래. 어서 말을 해 봐!"

"정말 들어줘야 해요. 약속부터 해줘요."

"그러니까 말을 해보라고!"

드디어 남편이 귀찮다는 듯 짜증 섞인 목소리로 채근했다. 나는 이때다 싶었다. 어렵게나마 내 속내를 드러냈다. 아주 조심스럽게, 아주 절절하게 말했다. 남편이 어떻게 대답할지 모르지만, 지금까지 그랬듯이 또 막무가내로 막으면 이번엔 나도 들어줄 때까지 단단히 맞설 참이었다.

그런데 내 말이 끝나자마자 채 3초도 안 지났는데 남편이 짜증스럽게 대답했다.

"알았어, 해. 하라고! 하면 되잖아!"

남편의 대답에 나는 어리둥절했다. 평소에 나에게 보이던 태도가 아니었다.

내 남편이란 사람은 내가 무슨 일이든 하려 할 때마다 '안 돼' '하지 마'란 말로 초장에 아예 뿌리부터 뽑았다. 이번에도 보통 때라면 이렇게 말했어야 했다.

'그딴 거 해서 뭐할 건데. 쓸데없는 소리 말고 살림이나 잘하고 반찬이나 신경 써.'

시를 시작했을 때도 만약 시를 배우겠다고 했다면 틀림없이 이렇게 말할 사람이었다.

'시? 웃기고 있네. 시가 밥을 줘? 돈을 줘? 무슨 얼어 죽을 시 같은 소리 하고 있어. 쓸데없는 환상에 젖어 시가 어떻고 저떻고. 네가 무슨 시인이야? 빨리 정신 차려!'

내가 늘 힘들었던 것은 남편이 무서워서가 아니었다. 내 요구를 이해할 사람이 아니기에 아예 말도 꺼내지 않고 스스로 먼저 포기해버렸다. 그런데 이렇게 쉽게, 아무렇지도 않게 허락하는 게 나에겐 여간 낯설지 않았다.

남편은 매사에 나를 머리부터 발끝까지 짓누르며 살아왔다. 심지어 '여자는 영혼이 없다'는 엉터리 말을 하면서 내 의사는 아예 들으려고도 하지 않는 사람이었다.

나는 한마디 토도 달지 않고 단번에 허락하는 남편이 정신이 나갔나 싶을 정도로 낯설게 느껴졌다.

한편으론 남편의 부정적인 성격만 탓하며 불평했을 뿐, 한 번도 대차게 내 주장을 관철하지 못하고 그냥 포기하면서 살아온 내 태도를 반성했다.

'어쩌면 스스로 남편에게 길든 건 아닐까.'

나 자신한테도 책임이 있구나 싶었다.

그해 나는 04학번으로 방송통신대학교 국어국문학과 학생이 되었다. 그러나 출석수업을 받기 위해 보름 정도 집을 비우는 일이 쉬웠던 건 아니다. 여전히 다른 사람보다는 몇 배 어려웠다. 4년 동안 동아리 활동도 전혀 해보지 못한 것이 늘 아쉽다.

기말고사

쉰이 넘어 대학 공부를 하는 동안 가장 안타까웠던 때는 엄마가 돌아가실 때였다. 결혼 전에는 엄마와 둘이 살았고, 나는 엄마의 보호자였다. 하지만 시집살이하는 동안 엄마를 자주 찾아보지 못해서 늘 안타까웠다.

시부모님이 돌아가신 후에는, 내 공부를 한다고 엄마와 많은 시간을 함께 보내지 못했다. 특히 대학 기말고사를 치느라 엄마의 임종을 겨우 지킨 일은 돌이킬수록 후회스럽고 가슴이 아프다.

엄마가 돌아가시기 며칠 전부터 오빠와 나는 엄마를 병원으로 모셔야 하느냐, 아니면 집에서 편안히 보내드리느냐로 의견을 나누었다. 그때 엄마 연세는 아흔여섯이었다. 우리는 엄마가 엄마 방에서 편안하게 지내시다가 이승에서의 마지막 숨을 쉬게 하자고 마음을 모았다.

병원으로 모시면 뼈만 앙상하게 남은 엄마 팔에 링거주사를 꽂고, 또 여러 가지 검사를 받게 할 터였다. 그런 일들이 엄마를 더 힘들게 할 것 같았다. 이제 기력을 잃어 모든 기관이 약해진 엄마에게, 며칠 더 사는 대가로 고통을 치르게 하고 싶지 않았다.

시부모님 두 분이 병원에서 마지막 숨을 거두는 모습을 지켜본 나는 더더욱 엄마의 마지막 순간을 병원에서 맞게 하고 싶지 않았다.

시아버지는 간경화와 위암 말기로 병원에 계셨는데, 마지막엔 간성혼수로 보는 이를 안타깝게 했다. 시아버지는 중환자실 침대에 손발이 묶인 채 며칠을 사셨다. 마지막 눈을 감으실 때도 손발이 묶인 채였고, 생명을 지속하기 위한 여러 의료 보조기구를 몸에 달고 있었다.

시어머니의 마지막 모습은 더 처참했다. 집에서 모시다가 상태가 악화되어 병원 응급실로 모셨는데, 병실이 없어 이틀 동안 응급실에서 보냈다. 그때 시어머니는 살아 있다고 할 수도 없는 상태였다. 산소 호흡기에 의존해 겨우 숨만 붙어 있었다. 결국 집으로 모시고 가서 운명의 순간을 맞으라는 의사의 권고에 따를 수밖에 없었다. 시어머니는 집으로 돌아오는 구급차 안에서 내 팔을 벤 채 마지막 숨을 거두셨다.

나는 식구 중에서 유일하게 시부모님의 임종을 지켰기 때문에, 두 분의 마지막 모습이 안타까운 기억으로 남아 있다. 그래서 엄마는 병원이 아닌 집에서 편안하게 보내드리고 싶었다.

엄마가 돌아가시기 일주일 전, 죽도 드시고 유산균 음료도 아기처럼 받아 드셨다. 그때만 해도 엄마의 병세가 급작스럽게 나빠질 줄은 예상치 못했다.

그날 나는 엄마에게 일방적으로 통보하듯 말했다.

"엄마, 다음 주 월요일부터 토요일까지 마지막 기말고사야. 그 안에 무슨 일 있으면 안 돼. 억지로라도 자꾸 드시고 기운 내세요."

엄마를 위해서가 아니고 나를 위해서 무슨 일이 일어나면 안 된다는 식으로 말한 것이다.

난 늘 엄마를 짐스럽게 생각했다. 엄마 때문에 내 꿈을 접었다며 언제나 엄마를 원망하고 투정을 부렸다. 어릴 때는 엄마가 말을 걸어오면 공부하는 데 방해하지 말라고 윽박질렀다.

엄마는 장애로 몸이 자유롭지 못했다. 그래서 스스로 할 수 없는 일을 내게 부탁할 때마다 마치 죄인이 된 것처럼 내게 몸을 낮췄다. 그럴 때마다 나는 큰 은혜라도 베푸는 듯이 공치사를 해대며 엄마의 부탁을 들어줬다. 엄마가 장애인이라고, 글도 모른다며, 내 앞에서 기도 펴지 못하게 했다. 그래도 엄마는 나를 세상에서 가장 사랑했고, 가장 의지했고, 작은 일이라도 나를 도와주고 싶어 했다.

내가 시어머님의 치매로 힘들어할 때 엄마는 나를 도와주겠다고 딸 집에 왔다. 한 손으로 마늘을 까고, 빨래를 개고, 청소해 주면서 행복해했다. 엄마는 언제나 나를 위해 뭔가를 해주지 못해 늘 아쉬워했다.

　월요일부터 토요일까지 마음 졸이며 기말고사를 볼 때였다. 수시로 전화기를 들여다보면서 내가 시험 치르는 동안 혹시 엄마에게 무슨 일이 일어날까 봐 조마조마했다.

　첫날은 시험을 마치고 돌아와 김장배추를 손보고 밤늦게까지 양념을 준비했다. 욕심으로는 그다음 날 새벽까지 김장을 끝내고 학교 가는 길에 잠깐 엄마에게 들렀다 갈 생각이었다. 그러나 예상보다 김장이 늦게 끝나서 화요일은 시험 시간에 맞춰 학교 가기에도 빠듯했다.

　학교에서 돌아오자마자 남편의 진료 예약 시간에 맞춰 병원으로 달려갔다. 남편은 3주 전, 자전거를 타다 늑골 골절상을 입었다. 절대 안정해야 해서 병원에도 혼자 갈 수 없었다. 엎친 데 덮친 격이었다.

　다음날인 목요일은 시아버지 제삿날이었다. 새벽에 엄마를 보러 가지 않으면, 오후에는 제수 준비에 시부의 제사를 모셔야 하니 그날도 엄마를 보지 못할 것이었다. 결국 엄마를 보러 가는 일은 또 하루 미뤄야 했다. 그 생각은 나 혼자만의 계획일 뿐, 집안일들은 나를 놓아주지 않았다.

　시험을 끝내고 돌아와 아버님 제사음식을 준비했다. 음식을 만드는데 얼마나 초조한지 같은 양념 그릇을 몇 번씩 들었다 놓았다 반복했다.

"엄마, 조금만 참아줘."

나도 모르게 중얼거렸다.

'뭘 참아달란 말인가. 엄마에게 마지막 숨을 거두는 시간까지 내 사정에 맞춰 달라고 욕심부리는 꼴이 아닌가. 이러다 엄마가 덜컥 운명하셨다는 전화를 받으면 어쩌나.'

나는 엄마의 임종을 못 보게 될까 봐 겁이 났다.

"엄마, 미안해. 조금만 기다려줘."

같은 말이 반복해서 나왔다.

'물이라도 넘기시니 금방 무슨 일이 일어나진 않을 거야. 엄마, 제발 조금만 더.'

금요일, 이제 마지막 시험만 치면 되었다. 만약 엄마가 오늘 눈을 감으면 하루 전날이 아버님 제삿날이니 아버님과 같은 날에 제사가 들게 될 것이다. 맏며느리로서 친정엄마 제사보다 아버님 제사를 먼저 모셔야 할 것이다. 그렇게 되면 나는 엄마 제사에도 올 수 없게 될지도 모른다.

'아, 정말 그렇게 되면 어떻게 하나.'

아침에 일어나자마자 올케언니에게 전화로 엄마의 상태를 물었다. 엄마는 어젯밤부터 두유도 못 넘기고 물만 겨우 넘긴다고 했다. 바로 달려가야 할 형편인데도 내 발길은 학교로 향하고 있었다.

'물을 못 마셔도 이삼일은 버틸 수 있을 거야. 엄마는 강인한 사람이니까. 엄마, 시험만 끝내면 바로 달려갈게. 제발 기다려줘.'

열심히 시험을 보고 있는데, 진동으로 해놓은 핸드폰이 드르르 울렸다. 가슴이 철렁 내려앉았다. 시험 감독이 고사실 안을 휘휘 둘러보았다. 감독과 눈을 맞추지 않으려고 얼른 고개를 숙였다. 가슴이 조마조마했다.

'핸드폰을 꺼놓을걸.'

시험 시작 전, 감독은 핸드폰을 꺼놓지 않았다가 적발되면 시험을 칠 수 없다고 엄포를 놓았다.

'들켰으면 어떻게 하나.'

그러나 다행히 시험 감독은 아무 말이 없었다.

조금 전 드르르 울린 전화는 엄마가 돌아가셨다는 전화가 틀림없을 것 같았다. 시험이고 뭐고 다 제쳐두고 엄마한테 달려가야 했다. 하지만 마음뿐이었다.

겨우 답안지를 내고 복도로 나오면서 전화를 확인했다. 번호를 보니 올케언니였다. 순간 가슴이 철렁 내려앉았다.

'아! 돌아가셨구나. 어떡하지?'

떨리는 손으로 올케언니 번호를 눌렀다.

"응, 나."

올케언니의 대답이 겁이 나서 전화를 얼른 끊고 싶었다.

"엄마는?"

"물도 못 넘기서. 도대체 언제 올 거야?"

아, 안도의 한숨이 나왔다. 올케언니가 나를 질책하는 게 역력했다. 올케언니한테 미안해서 짧게 대답했다.

"응, 미안해. 한 시간 남았어. 끝나고 금방 달려갈게."

전화를 끊으면서 내가 지금 누구한테 미안해하고 있는 건가, 자신이 한심하게 느껴졌다. 올케언니가 아니라 엄마에게 미안해해야 했다.

내 가슴이 내 머리에게 말했다.

'지금 시험이 문제냐? 어서 엄마한테 달려가야 하는 거 아냐?'

내 머리가 내 가슴에게 말했다.

'나도 알아. 하지만 이제 마지막 시험만 통과하면 돼. 엄마도 나를 이해할 거야. 엄마가 또 내 앞길을 막을 수는 없어. 엄마, 제발.'

나는 엄마에게 조금만 참아달라고 마음속으로 떼를 썼다. 시험을 끝내자마자 택시를 타고 중곡동으로 달려갔다.

엄마, 안녕

엄마를 간호하느라 이틀 동안 밤잠을 제대로 못 잤다는 올케언니를 들어가 자게 하고 혼자 엄마 곁에 남았다.

엄마가 내게 누우라고 눈짓을 보냈다. 난 그러마 하고 고개를 끄덕였지만 누울 수가 없었다. 아니, 누우면 안 되었다. 어쩌면 이 순간이 엄마와 나의 마지막 순간일지도 모르는데, 이제라도 엄마에게 가장 극진한 효도를 할 시간이었다.

엄마 머리맡에 묵주가 놓여 있었다. 엄마 손에 묵주를 쥐여 드리니 엄마가 묵주를 잡고 한 알 한 알 돌리기 시작했다.

'습관적인 행동일까. 아니면 기도를 하고 있을까.'

묵주를 만지작거리는 엄마를 보며 나도 경건해졌다.

엄마가 입술을 달싹거렸다. 뭔가 할 말이 있는 듯했다. 엄마 말을 들으려고 얼굴을 숙여 엄마 입술에 귀를 기울였다. 하지만 엄마 목소리가 너무 작아 알아들을 수가 없었다.

엄마의 머리맡에 성수가 놓여 있었다. 입술을 축이려 물을 달라는 줄 알고 숟갈로 성수를 떠 넣어드렸다. 엄마는 싫은지 고개를 간신히 저었다. 엄마가 물조차 받아들이지 못하는구나 생각하니 가슴이 미어졌다.

잠시라도 편안해지시라고 몸을 돌려 눕혀드렸다. 주무시는 듯 숨소리가 고르게 들렸다. 그러나 엄마는 금세 다시 눈을 뜨고 또 입술을 달싹거렸다. 그 모습이 힘겨워 보여 무슨 말이냐고 다그칠 수가 없었다. 엄마의 오른손을 잡았다. 엄마도 잡은 내 손에 힘을 꼭꼭 주었다. 엄마 손힘이 점점 줄어들었다.

'이대로 얼마나 버틸 수 있을까.'

내가 잠깐이라도 손을 놓으면, 엄마는 금세 내 손을 찾아 오른손을 더듬거렸다. 나는 엄마 손을 잡고 있는 일밖에 아무것도 해드릴 수가 없었다.

엄마가 아주 천천히 내 손을 잡아끌더니 허리 아래로 가져갔다. 가슴에서 허리까지의 거리가 한참이나 되는 듯 손길이 느렸다. 기저귀 위에서 엄마 손이 멈췄다.

기저귀가 따뜻했다.

'소변을 봤구나. 기저귀 때문이었구나. 겨우 기저귀라니.'

이제 내가 해드릴 수 있는 일이 기저귀 갈아드릴 일밖에 없다니, 순간 콧등이 찡했다. 젖은 기저귀를 빼내는데 뼈와 가죽뿐인 살결이 밀렸다. 마른 나무껍질 같은 엄마의 살결이 아플까 봐 조심스럽게 젖은 기저귀를 빼고 새 기저귀로 갈아 채웠다.

숨소리가 더 거칠어진 것 같아 몸을 돌려 눕혀드렸다. 앙상한 등줄기가 드러났다. 등줄기를 따라 동글동글 도드라진 척추 생김 새가 반투명한 유리 같은 살갗에 내비쳤다. 뼈는 뼈대로 피부는 피부대로 겉돌아 피골이 상접하다라는 말이 떠올랐다.

뜨거워지는 눈시울을 껌뻑거리며 엄마의 등을 살살 마사지하 듯 주물렀다. 금세 바스러질 듯 불안했다.

'탱탱했던 엄마의 살집이 언제부터 이렇게 졸아들었을까. 건강 할 때 자주 찾아와 마사지라도 해드렸다면 이렇게 가슴이 쓰리지 않았을 텐데….'

겨우 이제야 엄마를 위해 뭔가 해드릴 수 있는 내 시간이 생겼 는데, 너무 늦었다는 생각에 가슴이 저렸다.

'엄마가 건강했을 때처럼 환하게 웃으실 수 있다면 얼마나 좋 을까.'

자식들에게 뭔가 해줄 수 없어 늘 안타까워만 하고, 자신을 위 한 요구는 할 줄 몰랐던 엄마. 아니 할 줄 모르는 게 아니라, 하지 않았던 엄마.

'지금 이 순간만이라도 내게 뭐든 요구한다면 무엇이든 해 드릴 수 있을 텐데.'

엄마의 몸을 올곧게 버텨주던 오른쪽 다리. 그에 비해 왼쪽 다 리뼈는 아주 가늘었다. 항상 끌리던 다리. 소아마비라는 몹쓸 병 으로 어릴 때부터 다리를 절었던 우리 엄마.

이제 엄마가 이승에서 숨 쉴 남은 시간이 별로 없다는 직감이

들었다. 나는 얼른 엄마 손을 내 두 손으로 감싸면서 엄마 얼굴 가까이에 고개를 숙였다.

"엄마, 엄마에게 꼭 하고 싶은 말이 있었는데, 여태껏 못했어."

첫마디부터 목에 탁 막혀 꺽꺽 토막말이 되었다.

"엄마, 내가 공부한다고, 또 시집살이한다고, 자주 엄마를 찾아보지 못해서 정말 미안해요."

말을 다 끝내기도 전에 금세 눈시울이 뜨거워졌다. 눈물을 보이지 않으려고 두꺼비처럼 두 눈을 끔벅거리며 침을 꿀꺽 삼켰다.

엄마가 내 말을 알아들었다는 듯 손아귀에 힘을 꼭 주었다.

"엄마, 고백할 게 있어. 내가 철없을 때 엄마를 부끄럽게 생각한 거 용서해줘요. 엄마 딸이라는 게 자랑스러워. 엄마, 정말이야."

엄마가 내 손을 더 꼭 쥐었다가 슬그머니 놓았다.

엄마의 손힘이 느껴질 때마다 내 가슴에서 뜨거운 것이 자꾸만 솟구쳐 올라왔다. 엄마 앞에서 울면 안 된다고 입술을 깨물며 눈물을 참았다.

엄마가 내 손을 꼭 쥐는 것이 내 말을 알아들었다는 표시였으니 얼마나 감사한 일인가.

'왜 진작 말하지 못했을까. 왜 엄마 스스로 좀 더 일찍 자존감을 갖도록 해드리지 못했을까.'

이제라도 엄마에게 말하게 되어 다행스럽다는 생각이 들었다.

잠시 후 엄마가 내 손을 잡더니 또 허리 아래로 끌었다. 이번에도 기저귀가 흠뻑 젖어 있었다.

"오줌 싸서 그랬구나. 드신 것도 없는데, 왜 오줌을 자꾸 싸!"

나는 마치 어린아이에게 지청구하듯 엄마에게 말했다.

순간 '소변을 보셨구나' 하지 않고 '오줌 쌌다'고 한 말이 내 귀에 거슬렸다. 엄마에게 마치 어린아이 나무라듯 함부로 말한 내가 미워 바로 후회했다.

엄마는 기저귀를 갈아도 금세 또 소변을 봤다. 엄마가 10여 분 간격으로 연이어 네 번이나 소변을 보는데도 나는 아무 생각 없이 중얼거렸다.

"이상하네. 엄마, 물도 못 드시는데 무슨 오줌을 이렇게 많이 눠."

나는 물을 드셔서 소변을 많이 본다는 생각만 했지, 엄마가 숨을 거두기 전에 자신의 몸에서 마지막 물 한 방울까지 비워낸다는 걸 알아채지 못했다.

결혼 전 병원에 근무했던 경험도, 내 손에서 시부모님 두 분 다 떠나보냈던 경험도, 그 순간엔 아무 소용이 없었다.

다섯 번째 기저귀를 채워드리면서 엄마 아랫도리가 찝찝할 것 같아 따뜻한 물수건으로 살살 닦아 드렸다. 몸이 개운한지 엄마의 잠든 모습이 평온해 보였다.

나는 뼈만 앙상한 엄마 얼굴을 한참 동안 들여다보았다. 평생 딸 눈치를 보던 내 엄마. 난 왜 엄마를 안절부절못하게 하면서 살았을까 후회했다.

늘 바쁘다는 핑계로, 엄마가 내 말을 알아듣지 못한다는 핑계로 엄마 말에 살갑게 귀 기울이지 않았던 날들이 칡넝쿨처럼 줄줄이 나를 얽어맸다. 때늦은 후회로 점점 내 가슴이 옥죄어들었다.

엄마에게 나는 마치 짝사랑 같은 존재였다. 엄마는 늘 나를 그리워했지만, 나는 막상 엄마를 만날 때마다 벌처럼 톡톡 쏘아대기 일쑤였다.

결혼한 후에는 기껏해야 설날이나 추석날, 손님처럼 엄마를 찾는 게 고작이었다. 그런 날은 엄마와 단둘이 속내를 털어놓을 시간도 없었다. 일 년에 한 번뿐인 엄마 생일날도 마찬가지였다.

엄마에게 나는 늘 조급증이 나게 하는 존재였다. 명절에는 맏며느리라서 시집 손님맞이를 해야 했기에, 명절 다음 날에야 엄마한테 갔다. 엄마는 내가 가는 날이면, 아침 일찍부터 나를 기다렸다. 엄마는 올케언니에게 딸만 좋아한다고 지청구를 먹으면서도 아침 일찍 큰길가에 나가 황새처럼 목을 길게 빼고 서성거렸다. 딸이 온다는데, 가만히 앉아서 기다릴 수 없었던 것이다.

나는 엄마가 아침부터 큰길에 나와 기다릴 걸 뻔히 알면서도 오후가 되어서야 도착했다. 점심도 거르고 눈이 빠지게 나를 기다렸던 엄마에게 대뜸 '뭐 하러 나와 있어요? 어련히 때 되면 올 텐데'라고 쏘아 대곤 했다.

그토록 애타게 나를 기다렸던 엄마에게 나는 늘 잠깐 머물다 떠나버리는 야속한 손님이었다. 집과 친정이 같은 서울에 있으니, 하룻밤 묵고 가야 할 먼 거리가 아니었다. 그래서 늘 저녁만 먹으면 부랴부랴 시어른들이 기다리는 집으로 돌아오기 바빴다.

'이제 와서 후회한들 무슨 소용일까.'

지금까지 엄마에게 따뜻한 말 한마디 못 해 드린 게 뼛속까지 시리고 쓰렸다. 나는 엄마 얼굴을 두 손으로 감싼 채 엄마 귀에 대고 속삭였다.

"엄마, 그동안 엄마한테 내가 잘못한 게 너무 많아. 엄마 잘못이 아닌데도 엄마 몸이 불구라고 엄마를 부끄럽게 생각한 것도 너무 잘못했어. 엄마 때문에 고등학교에 가지 못했다고, 알게 모르게 엄마를 원망한 것도 잘못했어. 엄마와 함께 더 많은 시간을 보냈어야 했는데, 그러지 못해서 미안해요. 엄마한테 투정만 부리고, 엄마 가슴에 못 박는 말도 참 많이 했는데. 엄마, 이제 돌아보니 엄마한테 잘한 게 하나도 없네. 미안해요. 엄마."

엄마에게 용서를 구하려니 끝이 없을 것 같았다. 엄마 귀에 내 울음 섞인 말소리를 들려 드리는 것이 또 죄를 짓는 일인지도 몰랐다.

나는 다시 목소리를 가다듬었다.

"엄마, 엄마가 세상에서 가장 자랑스러워. 성치 않은 몸으로 날 이렇게 키워준 것도 고마워요, 엄마. 난 엄마처럼 손발이 자유롭지 못했다면, 내 아이들을 제대로 키우지 못했을 거야. 맨날 불평만 해댔겠지. 엄마가 늘 밝게 웃어주고 참아줘서 고마워요. 엄마가 아니었으면 난 오늘이 없었을 텐데, 이제야 엄마가 얼마나 훌륭한지 알겠어. 엄마, 자랑스러운 엄마."

엄마가 내 말을 알아들었는지 눈가에 주르르 눈물이 흘렀다.

"엄마, 왜 울어? 정말이야. 엄마가 이 세상에서 가장 장한 엄마야."

나는 맨손으로 엄마 눈가에 흐르는 눈물을 닦으며 속울음을 삼켰다. 휴지가 옆에 있었지만, 내 손에 엄마 눈물을 적시고 싶었다.

엄마가 편안한 모습으로 잠든 것 같았다. 일주일 동안 정신없이 뛰어다녔기 때문에 나도 온몸이 노곤했다. 엄마 곁에 눕는 게 죄스러웠다. 벽에 등을 기댄 채 한 손으로 엄마 오른손을 잡고 잠시 눈을 감았다.

시계는 새벽 한 시를 넘기고 있었다. 어느 순간이었을까, 엄마가 내 손에서 오른손을 살며시 빼더니 모양뿐인 왼손을 끌어당겨 어린 새의 심장처럼 미약한 박동이 이어지는 엄마의 심장 위에 얹었다. 그러더니 오른손으로 왼손을 감싸 쥐었다.

엄마는 예의를 차려야 할 자리에 가면, 늘 제대로 움직일 수 없는 왼손을 오른손으로 감싸 쥐고 두 손을 가지런히 모았다. 지금 엄마 손이 바로 그런 모습이었다.

엄마 숨소리가 어느 순간부터 점점 작아졌다. 신경을 곤두세우고 엄마의 손끝을 살피던 내 가슴이 쿵 하고 무너졌다. 엄마 손톱이 끝에서부터 파랗게 변하고 있었다. 청색증, 호흡이 약해 손톱 끝까지 산소를 보내지 못해서 일어나는 증상이었다.

"엄마! 엄마!"

절박하게 엄마를 부르며 숨소리를 살폈다. 대답이 없었다. 아까보다 숨소리가 더 약해졌다. 그리고 간격이 점점 늘어났다. 방에서 자고 있는 올케언니를 급히 깨웠다.

"언니! 일어나! 엄마가 이상해!"

잠결에 일어난 언니가 허둥대며 어딘가로 다급하게 전화를 걸었다. 오빠에게 거는 전화였다. 시계는 새벽 두 시를 넘기고 있었다.

나는 무릎을 꿇고 엄마 얼굴에 내 얼굴을 댔다. 마지막이 가까웠다고 생각했지만, 이 밤을 넘기지 못하고 이렇듯 빨리 엄마와의 영원한 이별의 순간이 오리라고는 예상하지 못했다.

'아, 이제 정말 마지막 순간이 온 것인가.'

난 급하게 엄마 귀에 대고 진정으로 하고 싶었던 말을 봇물 터지듯 쏟아냈다.

"엄마, 이 세상에서 엄마가 가장 자랑스러워. 엄마가 최고였어. 엄마, 고마워요."

엄마 가슴에 손을 살며시 얹었다. 엄마 심장 소리가 내 손으로 전해졌다. 박동이 점점 느려졌다.

툭, 툭, …투욱, 투욱, 투우욱, 투우욱….

그리고 끝이었다. 그 순간 엄마가 천진한 어린아이의 배냇짓처럼 입술을 오므리더니 살짝 미소 짓듯 움직였다. 엄마의 마지막 몸짓이다. 엄마의 눈가에서 눈물이 주르르 흘렀다.

나는 엄마 귀에 대고 마지막 인사를 했다. 숨이 끊어진 후에도 인체의 오감 중에서 가장 늦게까지 열려 있는 곳이 청각이라는 말을 들었기 때문이다. 엄마가 내 말을 꼭 알아들을 거로 생각하며 마지막 말을 속삭였다.

"엄마, 아주 좋은 곳으로 가는 거야. 아프지도 않고 다리도 절지 않고, 왼쪽 손도 맘대로 쓸 수 있는 좋은 세상에 가는 거야. 엄마, 사랑해. 엄마가 최고였어. 잘 가. 엄마, 안녕."

전화 통화를 끝낸 올케언니가 방으로 들어오다 내 말소리를 들으며 울먹였다. 난 언니에게 차분하게 말했다.

"언니, 울지 마. 우리가 울면 엄마가 슬퍼할 거야. 편안하게 가시게 하자."

나는 다시 엄마 귀에 대고 작별을 고했다.

"엄마, 안녕!"

엄마는 병원이 아닌 엄마 방에서 편안하게 마지막 숨을 거두었다. 모든 신체 기관이 멈춘 엄마는 너무나 고요하고 평온해 보였다. 엄마는 내가 마지막 시험을 무사히 끝낼 수 있게 기다려준 것만 같았다.

소아마비라는 병으로 불구의 몸이 되어 버린 엄마. 온전치 못한 몸이라 전처의 딸이 달린 가난한 남편을 만났다. 다리를 절며 한 손으로 평생을 살아야 했던 엄마. 나는 절름발이 딸이라는 사실이 싫어서 평생 엄마를 부끄럽게 여겼다.

엄마가 장애인이 아니었다면 가난뱅이 홀아비였던 아버지를 만날 이유도 없었고, 아버지와 엄마 사이에서 내가 태어날 수도 없었다는 사실은 생각지도 않고 엄마만 탓했다.

'나는 얼마나 불효한 딸이었나. 엄마의 영혼은 지금 어디로 훨훨 날아가고 있을까.'

2005년 11월 28일 새벽 2시 40분. 엄마는 96년의 한 많은 삶을 내려놓고 영원히 이승을 떠났다.

치매, 마음 안의 외딴 방 하나

수필로 등단할 무렵 '마로니에 샘가'란 인터넷 사이트에 가입했다. 그곳은 다양한 예술가들이 모인 사이버 공간으로 문인들이 많았다. 회원으로 가입하면 자기만의 글방을 얻을 수 있었다.

그때 나는 한창 글쓰기에 열을 올리던 때였다. 열심히 써서 올리다 보니 글방에 올린 내 글을 읽는 글벗들이 늘어났다. 나도 마치 이웃집 드나들 듯 다른 글방을 방문하며 글벗이 되었다. 서로의 글을 읽고 댓글을 달며 문우들과 정이 돈독하게 쌓여갔다.

'마로니에 샘가'엔 여성 문인들이 많았다. 시부모나 친부모의 건강에 대한 걱정들이 많았고, 며느리 역할이나 딸의 역할에 관해 서로 공감하고 관심을 가졌다.

자연히 치매에 관한 이야기도 뜨거웠다. 내가 글을 쓰기 바로 전까지 치매를 앓던 시어머님을 7년간 모셨기 때문에, 내 경험은 문우들의 관심거리가 되었다.

'마로니에 샘가' 관리자는 내 글에 관심을 보이는 구독자들이 많은 것을 알고 '치매 간병기' 게시판을 따로 만들어주었다. 나는 그 게시판에 시어머니를 간병하며 겪은 치매 간병기를 써서 올리기로 했다.

내 글이 사람들에게 아주 유용한 정보가 되었나 보다. 치매 간병기 게시판은 방문객이 늘어났다. 올리는 이야기마다 댓글이 넘쳐났다. 내 글방을 찾는 사람들의 응원에 나는 날마다 한 꼭지씩 글을 써서 올렸다. 문우들의 뜨거운 관심 속에 간병기는 40여 회를 넘기며 끝을 맺었다.

간병기를 쓰면서 시어머님을 모실 때의 기억들이 되살아났다. 때로는 회한으로 눈물을 흘리기도 했고, 어처구니없는 장면을 쓸 때는 허탈하다 못해 너털웃음이 나오기도 했다.

그 후 우연히 신문을 보다가 '신동아 논픽션 공모' 기사를 보게 되었다. 동아일보사에서는 매년 신동아 논픽션 공모를 했고, 우리 집은 내가 결혼하기 전부터 줄곧 동아일보 구독하고 있었는데도 '신동아 논픽션' 공모 광고가 그때 처음으로 내 눈에 들어온 것이었다.

우리 곁에서 수많은 일이 생겨났다가 사라지지만, 관심 갖는 만큼만 눈에 보인다는 평범한 진리를 나는 그때 체험했다. 글쓰기에 관심이 없을 때는 그냥 지나쳤던 그 광고가 글을 쓰기 시작한 다음에야 눈에 들어온 것이었다. 원고 공모 내용을 보니 간병일기도 해당이 되었다.

마로니에 샘가 사이트에 올린 치매 간병기 원고를 응모해 보자는 생각이 들었다. 꼼꼼하게 퇴고 과정도 거치지 않고 이미 써둔 원고를 보냈다.

발표는 두어 달 후였다. 나는 원고를 보내고도 큰 기대는 하지 않았다. 애초부터 논픽션 공모를 염두에 두고 쓴 글이 아니었기 때문이다. 인터넷상에서 나와 소통하는 사람들과 교류하면서 쓴 글이었고, 이런 공모가 있구나 싶어서 응모한 것이다.

그로부터 약 두 달 후 어느 날이었다. 시장에 가면서 횡단보도를 건너려고 신호를 기다릴 때였다.

핸드폰이 울렸다.

"문영숙 씨입니까?"

누군가가 대뜸 그렇게 물었다.

그때까지만 해도 나는 아이들 이름이 앞에 붙은 누구 엄마가 자연스러울 때였다. 그런데 첫마디에 내 이름을 대며 맞는지 확인하는 남자의 목소리가 무척 낯설었다.

그렇다고 대답했더니 이렇게 말했다.

"축하드립니다. 저는 동아일보 기잡니다. 제40회 논픽션 공모에 문영숙 씨가 대상으로 당선되셨습니다."

전화를 끊고 나니 신호가 초록 불로 바뀌었는데도 가슴이 떨려 발을 뗄 수가 없었다.

'대상 당선이라니.'

자그마치 상금이 천만 원이었다.

'정말일까. 내 글이 정말로 대상에 당선이 되었다고?'

응모할 때만 해도 써놓은 원고가 있으니 보내 보자 정도였으니, 그처럼 큰 상을 받게 되리라고는 상상도 하지 못했다. 횡단보도 앞에 서서 집으로 되돌아갈까, 시장을 보러 갈까 망설이는 사이 다시 초록 불이 켜졌다. 간신히 마음을 진정시키고 횡단보도를 건넜다.

바로 그때 또 전화가 울렸다.

"문영숙 씨, 조금 전에 전화 드렸던 동아일보 기잔데요. 대상이 아니라 우수상에 당선되었습니다. 죄송합니다. 이번에는 대상이 없고 우수상만 세 명인데, 문영숙 씨 이름이 맨 위에 있어서 당연히 대상인 줄 알았는데 정말 죄송합니다."

얼떨떨한 기분으로 전화를 끊었다.

사실 대상이든 우수상이든 상관없었다. 공모에 당당하게 당선되었다는 사실이 나를 흥분하게 했다. 우수상이어서 상금이 절반으로 줄어들었지만, 신동아 논픽션 당선은 나에게 커다란 문학적 성과를 안겨주었다.

대상에서 아쉽게 밀려난 이유는 문장의 완성도가 조금 떨어져서라고 했다. 원고를 응모할 때, 써놓은 글을 무작정 보낼 것이 아니라 퇴고 과정을 거치며 문장을 다듬었어야 했음을 뒤늦게야 깨달았다. 그래도 살림만 하며 50대를 맞은 내게 신동아 논픽션 공모 수상은 너무나 큰 영광이었다.

그해 연말에 동아일보사 대강당에서 시상식이 열렸다. 친구들과 시집 쪽 친지들의 축하를 받으며 수상자 중 첫 번째로 당선 소감을 말할 때였다.

단상에 나가 막상 시어머님과 함께했던 순간을 떠올리자 몇 마디 말하기도 전에 목이 꽉 막혔다. 내가 울먹거리자 친지와 친구들도 여기저기서 눈물을 찍어냈다. 어떻게든 분위기를 바꿔야 할 텐데, 단상에 놓인 물을 마셨는데도 마음이 진정되지 않았다.

바로 그때 앞에 앉은 기자가 눈에 들어왔다. 바로 나에게 당선 소식을 전화로 알려주었던 그 기자였다. 그 기자에게 양해를 구한다고 간단히 인사한 후 입을 열었다.

"죄송합니다. 시어머님과 함께했던 7년을 떠올리니 저도 모르게 슬픔이 북받치네요. 조금 다른 이야길 할게요. 사실은 제가 횡단보도를 사이에 두고 500만 원을 날렸습니다."

이렇게 말하자 축하객들이 어리둥절해 했다.

"여기 앉아 계신 기자님이 저에게 당선 소식을 전해주었습니다. 그때 저는 횡단보도에서 초록 불 신호를 기다리고 있었어요. 기자님이 말씀하셨죠. '축하합니다! 문영숙 씨, 대상에 당선되셨습니다!' 그때 저는 너무 떨려서 초록 불이 켜졌는데도 건널 수가 없었습니다. 간신히 마음을 진정하고 다음 신호에 횡단보도를 건넜지요. 바로 그때 기자님이 다시 전화했어요. 대상이 아니라 우수상이라고요. 저는 그날 횡단보도를 사이에 두고 500만 원을 날렸답니다."

내 말에 축하객들이 까르르 웃었다. 웃음 바람에 나도 마음을 안정시키고 수상소감을 끝까지 말할 수 있었다.

시상식이 끝나고 회식 자리에서 심사위원이 내게 말했다.

"문영숙 씨는 글만 잘 쓰시는 게 아니라 청중을 쥐락펴락하는 화술도 대단하십니다."

심사위원의 말에 다 함께 웃으며 유쾌하게 식사를 마쳤다.

내 글은 「어느 며느리의 치매 7년 간병기」라는 이름으로 『신동아』에 연재되었고, 2008년에 단행본 『치매, 마음 안의 외딴 방 하나』로 출간되었다.

작가의 길, 창작의 길

밀레니엄 새천년을 기점으로 내 삶에 여러 가지 성과가 있었다. 2002년 대입 검정고시에 이어 본격적으로 창작 공부에 매진했다. 시와 수필을 쓸 때는 소재를 찾아 무작정 쓰는 일을 열심히 했다. 반면, 창작을 위해서는 소재를 어떻게 버무리고 어떤 플롯으로 전개할지 배경·인물·반전·시점에 관해 본격적으로 공부했다.

함께 창작을 공부하는 멤버 10명 가운데 내가 가장 나이가 많았다. 선생도 나보다 젊은 분이었다. 게다가 나는 창작의 기본도 모르고 뛰어들었다. 내 수준은 내가 생각해도 무척이나 한심했다. 한참 어린 멤버들보다 내가 잘할 수 있는 것은 나이도 체면도 모두 버리고 열심히 하는 일밖에 없었다.

내가 설정한 주인공에게 의미 있는 삶을 부여하며 자유롭게 긴 이야기를 창조하는 일은 쉽지 않았다. 창작 공부를 시작한 지 2년 후, 2004년에 중편 동화 「엄마의 날개」로 '푸른문학상'을 받았다.

이 작품은 어려운 현실 속에서도 꿈을 이뤄가는 엄마 이야기였다. 작품 속의 주인공 엄마는 바로 나였다.

나는 큰 주제를 담은 장편을 쓰고 싶었다. 맨 처음 쓴 장편이 고구려 벽화 〈사신도〉를 소재로 쓴 『무덤 속의 그림』이었다. 이 작품으로 2005년 여름에 '푸른문학상'에 응모했지만, 본선에도 들지 못했다.

나는 이 작품을 몇 달 동안 수정하고 또 수정했다. 가을에 '문학동네어린이문학상'에 다시 도전했다. 작품을 보내면서 또 떨어질까 봐 시어머니 치매를 간병하며 겪은 이야기를 소재로 장편동화 한 편을 더 써서 보냈다. 치매 할아버지를 둔 초등 5학년짜리 남학생이 주인공인 『아기가 된 할아버지』로, 2주 만에 급하게 쓴 작품이었다.

응모한 사실은 문우들에게도 비밀이었다. 또 떨어질까 봐 창피했기 때문이다. 응모 후 두어 달 동안 수상하길 고대하면서 혼자 마음속 성을 쌓았다 헐기를 반복했다.

12월 초, 문학동네에서 전화가 왔다. 광화문 교보에서 만나자는 전화였다. 당선되었다면 '축하한다'는 말을 먼저 할 텐데, 무조건 만나자고 하니 여간 궁금한 게 아니었다.

두근거리는 가슴을 안고 교보빌딩 1층 커피숍으로 들어섰다. 작품만 보냈으니 서로 얼굴도 몰랐다. 쭈뼛쭈뼛하는 내게 젊은 여자가 다가왔다.

"혹시 문영숙 씬가요?"

"네, 제가 문영숙입니다."

"네, 저는 문학동네 편집자예요."

편집자가 안내하는 자리로 갔다. 남자 둘이 이야기를 나누고 있었다.

"이분이 문영숙 씨예요. 저, 이분들은 본심 심사위원이세요."

바짝 긴장한 채 심사위원들에게 인사했다. 인사를 받자마자 심사위원이 말했다.

"왜 두 작품이나 투고하셔서 우리를 싸우게 합니까? 왜 우리를 힘들게 하냐고요?"

그 사람은 웃으며 말했지만 질책인지 칭찬인지 애매했다.

영문을 몰라 어리둥절한 채 잔뜩 주눅 들어 있는데, 내 작품 두 개가 최종심에 올랐다고 했다. 치매를 소재로 한 작품은 리얼리티가 생생해서 심사위원 중 한 분은 그 작품을 수상작으로 올리자고 했고, 다른 한 분은 고구려 벽화 〈사신도〉를 소재로 한 작품이 소재도 좋고 재미있다고 했다. 서로 이견을 조율하다가 응모자가 원하는 작품을 당선작으로 결정하려고 나를 불렀다고 했다.

'내 작품이 둘 다 최종심에 올랐다니.'

꿈을 꾸는 듯했다.

'올림픽에서 우리 선수끼리 결선하는 것처럼 금메달은 떼 놓은 당상인가.'

"어느 작품으로 했으면 좋겠어요?"

심사위원이 물었다. 나는 치매를 소재로 한 이야기는 내 가족

이야기라서 싫으니, 첫 장편 『무덤 속의 그림』이 좋겠다고 했다. 그 책은 '제6회 문학동네어린이문학상' 당선작이 되었다.

『무덤 속의 그림』은 고구려 벽화 〈사신도〉가 거의 완벽하게 남아 있는 고구려 유적지 집안에 가보지 않고 사료만 가지고 상상해서 쓴 글이었다. 그런데, 내 책에 관한 평론이 나를 당혹스럽게 했다.

　『무덤 속의 그림』은 작자가 직접 작품의 무대인 국내성과 오녀산성, 환도산성 일대를 답사하고 쓴 자취가 역력해, 과거 다른 작품에서 느낄 수 없던 현실감이 살아 있다는 점에서 우선 평가의 대상이 될 만하다. 뿐만 아니라 선비족의 침입이 잦았던 서기 4세기 무렵이면 문헌상 남아 있는 자료도 거의 없으리라고 보는데, 당시에 유입된 도교의 신선사상, 그 당시까지 존속됐던 순장제도에 대해서 깊이 있게 묘사한 것을 보면, 작자가 이 작품을 쓰기 위하여 역사와 종교 등 인접 학문에 대해서도 많은 연구와 고증의 과정을 거쳤음을 알 수 있다.

가보지 않고 쓴 글에 대해 작가로서 양심의 가책을 느끼게 하는 평론이었다. 그 후부터 언젠가 기회가 되면 직접 가서 고구려 벽화를 내 눈으로 보리라는 꿈을 꾸게 되었다. 그 꿈은 책이 나온 지 거의 7~8년 후, 고구려 유적지가 남아 있는 집안을 돌아보는 여행을 통해 이루었다.

『무덤 속의 그림』은 재미있는 에피소드도 간직하고 있다. 어느 해 '문학동네어린이문학상' 시상식 뒤풀이 자리에서였다. 잘 아는 평론가가 내게 물었다.

"선생님, 『무덤 속의 그림』이 진짜 무덤에서 나온 거 아세요?"

"무덤에서 나왔다니요?"

평론가의 말이 재미있었다. 예심에서 『무덤 속의 그림』을 본심에 분명 올려보냈는데, 본심에서 내 작품을 찾으니 없더라는 것이다. 심사위원들이 비상이 걸려 여기저기 알아보며 원고를 찾았는데, 아뿔싸 예심을 통과하지 못한 작품들 무덤 속에 섞여 있더라는 것이다. 정말로 제목 『무덤 속의 그림』처럼 무덤 속에서 다시 살아나왔다는 이야기다.

제목 때문이었을까. 그때 못 찾았다면 『아기가 된 할아버지』가 수상작이 되었을 테고, 그 작품은 무덤 속에 있었을 뻔한 아찔한 이야기였다.

작품 『무덤 속의 그림』을 쓰게 된 계기는 이렇다. 어느 날 신문에서 〈사신도〉 사진과 함께 중국의 동북공정 실태를 신랄하게 비판하는 기사를 읽게 되었다. 그 순간 이런 생각이 들었다.

'그때 이런 벽화는 과연 어떤 사람들이 그렸을까? 하필이면 무덤 속에 그림을 그리는 화가라니, 왕이 죽기도 전에 왕릉을 만들고 그 안에 그린 걸까? 아니면 왕의 시체를 먼저 묻고 그 후에 그림을 그렸을까.'

온갖 궁금증이 가슴 가득 밀려왔다.

'그래. 이렇게 훌륭한 유산을 우리에게 남긴 고구려 시대의 〈사신도〉 화공을 한번 불러내 보자. 자, 주인공을 어떻게 연출할까. 소재는 고구려 사신도 벽화인데, 주인공은 사신도를 그리는 화가로 하자. 시대 배경은 고구려 역사 속에서 재미있으면서도 내 소재와 얽힐 수 있는 시기를 찾아보자.'

그날부터 나는 고구려 역사를 뒤지기 시작했다.

'환도산성, 오녀산성 사무랑, 메뚜기 떼의 출현, 모용씨들의 침입. 고대 국가이니 전쟁과 주인공의 시련 등을 박진감 있게 엮어 보자.'

여러 자료를 모은 나는 나름 자료에 맞는 주인공을 빚기 시작했다.

'그런데 주인공을 누구에게서 태어나게 하지? 반드시 벽화를 그려야만 하는 화공이라는 당위성을 어떻게 부여하지?'

그 부분에서 꽉 막혀 한 걸음도 나아갈 수 없었다. 그 무렵 어떤 작가의 신작을 무심코 읽다가 순장제도가 떠올랐다. 내 머릿속에서 무덤, 순장, 사신도, 내세의 기원. 도교사상 등이 어우러졌다.

고구려에도 순장제도가 있었지만, 신라나 가야보다 일찍 없어졌다는 사실에 주목했다. 문헌이 없으니 고증할 수는 없었다. 상상만으로 4~5세기경 순장에 얽힌 비화를 만들어 주인공과 순장이 맞물리게 이야기를 펼쳐 갔다. 그다음부터 마치 글이 날개가 달린 듯 고구려라는 무대 위에서 춤을 추었다.

어느 시대나 권력의 암투에 희생되는 억울한 사람은 분명 있을

터였다. 주인공의 신분을 일단 정권 야욕에 희생되는 충신의 아들로 설정하고 순장을 배경으로 넣으니, 생과 사의 갈림길에서 고뇌하는 여러 인물이 살아 움직였다. 그중에서도 어린 주인공을 순장 터에서 살려내는 집사장에게 자연스럽게 감정 이입되었다.

원수를 악으로 갚지 않고 예술로 승화시키는 주인공이 그럴듯하게 작품 속에 녹아들었다. 그렇게『무덤 속의 그림』은 신바람 나게 쓴 작품이었다.

이 작품을 시작으로 주로 우리 역사 속에서 글감을 찾아 장편으로 풀어내는 데 흥미와 보람을 느꼈다. 동화『궁녀 학이』,『검은 바다』를 펴내고, 청소년 역사소설『에네껜 아이들』,『까레이스키, 끝없는 방랑』까지 펴내고 나니, 나에겐 역사동화작가란 이름이 붙었다. 더불어 코리안 디아스포라 작가라는 별명이 함께 따라다니게 되었다.

평범한 주부였던 내가 처음 시 창작반 수강생이 되면서 시인으로, 수필가로, 작가로 가는 길은 순탄치 않았다. 하지만 나는 스스로 노력해서 찾은 문학의 길을 누구보다 사랑한다. 그래서 늘 열정적으로 창작에 최선을 다하려고 노력하고 있다.

그러는 동안 내 삶도 바뀌고 또 절대 바뀌지 않을 것 같던 남편도 많이 바뀌었다.

문학을 시작할 무렵, 내 남편의 별명은 '18세기 황제'였다. 18세기 황제는 어느새 19세기를 지나고 20세기도 지나서 요즘은 21세기 남자의 길을 별 거부감 없이 걷고 있다.

나의 꿈도 변했다. 지금 꾸는 내 꿈은 대작을 낳는 일이다. 배우고 싶었던 간절한 소망이 항상 같은 꿈을 꾸게 했던 것처럼, 내 두 번째 꿈도 절절한 바람이 되어 대작을 낳는 꿈이 되길 바란다. 그 꿈이 너무 간절해 창작의 원동력이 된다면, 그 꿈이 늘 반복되는 괴롭고 허망한 꿈이라 하더라도 날마다 나를 채찍질하는 것으로 받아들일 수 있으리라.

내 작품 중 『무덤 속의 그림』 뒤표지에는 아래와 같이 심사평이 붙어 있다. 나는 이 글을 사랑하며 자긍심을 느낀다. 더불어 초심을 잃지 않으려고 늘 노력하고 있다.

쉰이 넘어 멋진 장편으로 등단한 수상 작가에게 큰 박수를 보내며 후배들이나 늦깎이 예비 작가들에게 귀감이 되리라 믿어 의심치 않는다.

최재형, 안중근 그리고 나눔의 삶

2012년 가을, 소련의 지도자 스탈린에 의해 1937년 강제로 이주당한 고려인들의 아픈 이야기인 청소년 소설 『까레이스키, 끝없는 방랑』을 썼다. 책이 출간된 직후 시베리아 횡단열차를 타고 러시아 블라디보스토크와 우수리스크, 바이칼까지 돌아보는 여행길에 올랐다.

첫 번째로 들른 곳이 우수리스크였는데, 그곳에서 '독립운동가 최재형'을 사료로 만났다.

1920년 사월참변을 일으킨 일본군의 총탄에 순국한 최재형 선생은 처음 듣는 이름이었다. 함경북도 경원에서 노비의 아들로 태어난 최재형은 아홉 살에 가족과 함께 두만강을 건너 러시아로 간 후 순국할 때까지 오직 나라와 민족을 위해 모든 것을 바친 전설적인 인물이었다. 그런데 어떻게 국내에 전혀 알려지지 않았는지 무척 궁금하고 놀라웠다.

여행에서 돌아온 후 최재형과 연해주 독립운동 관련 자료들을 수집했다. 최재형 선생이야말로 우리 청소년들의 멋진 롤 모델이길 바라는 마음이었다. 2014년 『독립운동가 최재형』이 출간되었다.

사실 최재형 선생의 삶은 나를 먼저 움직였다. 불우한 어린 시절을 보냈지만 '동양의 카네기'라고 할 만큼 엄청난 부를 이룬 기업인이었고, 러시아 한인들의 대부라 불릴 정도로 동포들을 위해 헌신한 분이었다. 설립한 학교만 해도 32개이며, 상급학교로 진학하는 가난한 아이들을 위해 장학사업도 했다. 러시아 얀치혜의 군수였으며, 니콜라이 2세 대관식과 로마노프 황가 300주년 기념식에 한인 대표로 참석한 분이었다.

선생은 러일전쟁에 참여한 후부터 한국의 독립을 위해 모든 것을 쏟아부었다. 1908년 독립운동단체인 동의회를 조직하였으며, 자신의 재산을 털어 독립군인 대한의군에게 무기와 숙식을 제공했다. 1909년에는 〈대동공보〉 사장으로 있으면서 안중근 의사의 하얼빈 의거를 직접 도운 분이었다.

안중근 의사 순국 후에도 항일운동을 계속하면서 권업회 회장, 〈권업신문〉 사장, 전로한족대표자대회 명예회장, 대한국민의회 회장에 이어 1919년 대한민국 임시정부 초대 재무총장에 임명되었다.

나는 최재형 선생의 파란만장한 삶에 감동했지만, 최재형 장학회를 설립한 분들을 만나며 또 한 번 감동했다.

2011년 최재형 장학회를 만든 김창송, 전상백, 박춘봉, 김수필 네 분은 2010년 가을, 연해주 역사탐방을 떠났다. 첫 번째로 들른 곳이 우수리스크였는데, 그곳 고려인문화센터에서 해마다 여는 '추석맞이 고려인 문화 한마당' 축제를 참관했다고 한다. 그 축제에서 고려인들이 한복을 입고 '고향이 그리워도 못 가는 신세'로 시작되는 〈꿈에 본 내 고향〉을 애절하게 부르는 것을 보고 크게 감동했다고 한다. 1937년 스탈린에 의해 중앙아시아로 강제이주를 당했던 고려인들이 다시 유랑의 길을 나서서 연해주로 돌아와 어렵게 사는 처지를 보면서, 부끄러움과 함께 뜨거운 민족애가 불끈 솟았던 것이다.

이 네 분은 여행에서 돌아온 후 인생 80에 이르는 동안 앞만 보고 열심히 살았으니, 이제 남은 인생을 최재형 선생의 노블레스 오블리주 정신을 살려 고려인 후세들의 교육을 지원하는 '최재형 장학회'를 만들자고 뜻을 모았다.

이분들은 함경북도 경원에서 노비의 아들로 태어난 최재형 선생과는 혈연도, 지연도, 학연도 없었다. 다만 불행한 역사의 소용돌이에 휘말려 멀리 중앙아시아까지 강제이주를 당했던 고려인들의 처지가 안타까웠다고 했다.

최재형 장학회가 설립된 지 3주년이 되었을 때, 나는 『독립운동가 최재형』을 펴냈다. 그 후 최재형과 안중근의 관계를 좀 더 확실

하게 알 필요를 느껴 '안중근아카데미' 과정에 등록했다. 이 공부
는 안중근 의사가 활동했던 시기의 동북아 근대사를 포괄적으로
이해하는 데 상당한 도움이 되었다. 특히 아카데미 과정 중에 하
얼빈과 뤼순을 돌아보는 국외 답사는 안중근 의사와 독립투쟁사
를 살펴보는 아주 중요한 기회가 되었다.

안중근아카데미를 수료한 후 나는 '안중근 홍보대사'와 '최재형
홍보대사'를 겸하게 되었다.

안중근 의사는 뤼순 감옥에서 『안응칠 역사』를 썼다. 하지만 당
시 일본의 독립운동 탄압을 의식해 목숨을 바쳐 지킨 비밀이 있
었다. 나는 제대로 밝혀지지 않은 그 이야기를 소설로 쓰기로 마
음먹었다. 연해주 항일운동을 이끌었던 동의회 총장으로서 대한
의군의 국내진공작전에 무기와 의식주를 지원했던 최재형 선생
과 대한의군 참모중장이었던 안중근 의사의 하얼빈 의거를 제대
로 조명하고 싶었다. 2017년 1월 나는 『안중근의 마지막 유언』을
펴냈다.

2017년은 고려인 강제이주 80주년이 되는 해였고, 2019년은 상
해임시정부 수립 100주년과 3·1운동 100주년이 되는 해이다. 상
해임시정부 초대 재무총장으로 임명되었던 독립운동가 최재형을
널리 알리기 위한 사업도 국가적으로 추진되고 있다. 최재형 선
생이 마지막까지 살았던 우수리스크의 고택은 '최재형기념관'으
로 개관할 예정이다.

나는 〈독립운동가 최재형 기념사업회〉의 상임이사로 봉사하면서 기회가 주어질 때마다 강연을 통해 러시아 연해주 독립운동사에서 빼놓을 수 없는 최재형 선생과 안중근 의사의 독립 투쟁을 널리 알리고 있다.

어렵게 살아가는 고려인들을 돕고, 국가와 민족을 위해 헌신한 애국자를 기리는 일에 진정한 나눔을 실천하시는 분들 곁에서 나 역시 내게 주어진 일들을 소중하게 생각하며 기쁜 마음으로 함께 하고 있다.

내 인생의 전반전

움막에서 태어난 아이

충청도 산골에서 태어난 나는 초등학교부터 어렵게 입학했다. 한학을 하시던 아버지는 나보다 다섯 살 위인 오빠를 초등학교에 보내지 않았다. 아버지는 언문은 글도 아니라며 한문만 가르쳤다. 오빠는 『천자문』에 이어 『동몽선습』을 떼고 『명심보감』을 달달 외웠지만, 또래와 어울리지 못하고 혼자 지게 지고 산을 오르내리며 외로움을 달래야 했다.

오빠 나이 열네 살에 아버지가 돌아가셨다. 하지만, 이미 초등학교 졸업할 나이가 되어 버린 오빠는 학교 문턱도 넘지 못했다. 오빠는 어른이 된 후 만학도로 최고학부를 수료했다.

아버지가 돌아가신 바로 다음 해, 나는 열 살에 초등학교에 들어갔다. 아버지가 살아 계셨더라면 나도 오빠처럼 학교 문턱을 넘지 못했을 것이다. 어릴 때는 자식을 학교에 보내지 않은 아버지가 이상했지만, 성인이 되어 아버지의 생년이 1899년이라는 사실을 알았을 때에야 비로소 아버지를 이해하게 되었다. 아버지는 철저히 구한말 시대 사람이었다.

아버지는 얼마나 가난뱅이였던지 젊은 시절 내내 남의 집 곁방살이를 했다. 내가 태어나던 해에 겨우 손수 초가삼간을 짓게 되었다. 나는 세상에 나오는 일이 뭐가 그리 급했는지, 예정일보다 사나흘 먼저 나와 버렸다. 새집 따뜻한 방에서 출산하려 했던 엄마는 임시로 거처하던 움막에서 나를 낳았다.

나는 추석을 이틀 앞둔 날 세상에 나왔다. 움막에서 사흘 밤낮을 지냈는데, 추워서 그랬는지 한잠도 안 자고 사흘 밤 내내 울었다고 한다. 우는 갓난아기보다 산후통에 시달리는 엄마 상태는 더 좋지 않았다. 엄마는 몸이 부어 제대로 움직이지도 못하면서도 춥다고 내내 울어대는 나를 품에 안고 달랬을 것이다. 보나 마나 제대로 눕지도 못했을 엄마가 산후병이 난 것은 당연한 일이었다.

추석 다음 날, 새집 방구들에 군불을 넣고 나를 따뜻한 방에 누이니 젖 먹는 시간만 빼고 쌕쌕 잘도 잤다고 했다.

엄마는 다섯 살 때 소아마비를 앓았다. 설상가상으로 같은 해 친모와 사별하였다. 당시에는 소아마비 백신이 없던 때라서, 소아마비 바이러스가 침투하면 후유증으로 불구의 몸이 됐다. 왼손을 쓸 수 없었고, 왼발을 저는 절름발이로 평생을 살아야 했다.

외할아버지는 새어머니를 맞아들였다. 엄마는 불구의 몸으로 이복동생들을 업어 키웠다고 했다. 장애인이라 혼기를 놓친 엄마는 가난뱅이면서 일곱 살짜리 딸까지 딸린 내 아버지와 혼인하였다. 그때 아버지 나이는 쉰을 바라보았고, 엄마는 서른 후반이었다.

아버지는 첫딸을 얻자마자 아내를 잃고 혼자서 심 봉사처럼 젖동냥과 밥 동냥으로 아이를 키우던 중이었다. 그 아이가 나의 이복언니이다. 이복언니는 낯을 심하게 가려 엄마만 보면 아버지 바짓가랑이를 잡고 울었다고 했다. 엄마는 아버지가 외출할 때마다 이복언니를 달래는 일이 가장 힘들었다고 한다.

엄마는 아버지와 결혼한 다음 해에 첫아들인 오빠를 낳고, 5년 후인 마흔셋에 나를 낳았다.

나는 열 살에 1학년이 되었지만, 호적은 4년이나 늦어 호적대로 입학했더라면 열두 살이나 되어서 초등학교에 들어갔을 것이다. 그나마 열 살에라도 학교에 갈 수 있었던 것은 동네 이장님과 아랫집에 사는 초등학교 선생님이 서둘러 준 덕분이었다.

오빠 어깨너머로 주워들으며 천자문도 제법 외웠던지, 아니면 나이가 같은 학년 아이들보다 많은 덕인지 학교 공부는 늘 우등이었다.

내가 다닌 충청도 산골학교에는 나보다 나이가 많은 아이도 여럿 있었다. 1960년대 초반, 어려운 시절이어서 집안 형편이 좋지 않은 아이들은 학교를 한두 해 다니다 그만두고, 또다시 입학하길 반복하기도 했다. 그래서 같은 학년인데도 나이 편차가 심했다.

나와 같은 학년 아이들은 1954년생이 대부분이었다. 한국전쟁이 휴전하자 전쟁터에 나갔던 아버지들이 집으로 돌아온 해가 1953년이었고, 다음 해인 1954년에 많은 아이가 태어났기 때문이었다. 학교가 생긴 이래 우리 학년만 처음으로 네 반이나 되었다.

1학년 때는 한 반에 아이들이 80명 가까이 되었다. 뒤에 앉으면 선생님 목소리도 제대로 들리지 않았다. 그러나 학년을 올라갈수록 가난 때문에 학교를 그만두는 애들이 늘어났다. 5학년이 될 즈음에는 한 반에 60명쯤으로 줄어들었다.

6학년이 되었을 때는 네 반이 세 반으로 줄었다. 그때는 중학교도 입학시험이 있던 때라 진학반을 따로 두었다. 한 반 80여 명이 진학반에, 다른 두 반은 중학교에 가지 못하는 비진학반으로, 각각 50여 명 남짓이었다.

공부를 잘해도 집이 가난하면 비진학반에 남을 수밖에 없었다. 비진학반 아이들은 자신을 찌꺼기라고 느꼈다. 나도 비진학반이었다.

아버지는 서당을 열어 한문만 가르치다 돌아가셨으니, 논은 없었고 산자락을 일군 뙈기밭이 전부였다. 가난뱅이인 내가 중학교에 간다는 건 꿈도 꿀 수 없었다.

6학년 겨울방학을 앞두고, 진학반 아이들은 읍내 중학교 입학시험을 치렀다. 시험에 합격한 아이들은 다가올 중학 생활에 꿈이 부풀었다. 그러나 초등학교를 끝으로 학교생활을 접어야 하는 비진학반 아이들은 어깨를 늘어뜨리고 발걸음도 힘이 없었다.

졸업을 앞둔 어느 날이었다. 선생님 한 분이 나를 교무실로 불렀다.

"너, 중학교에 가고 싶지 않니?"

나는 어리둥절해서 대답하지 않고 머뭇거렸다.

'중학교에 당연히 가고 싶지만 갈 수 없어서 비진학반이었던 걸 몰라서 묻는 걸까.'

선생님이 야속하다는 생각이 먼저 들었다. 선생님은 조용히 내게 말했다.

자기 동생이 대전에 살고 있다고. 동생 부부가 다 선생이라고. 그 집에 아이가 둘인데 돌볼 사람이 없다고. 그래서 동생 부부가 부탁했는데, 졸업생 중에서 집이 가난해서 중학교에 가지 못하는 참한 여자아이를 골라 보내달라고 했다는 것이다. 낮에는 애를 보고 밤에는 야간 중학교에 보내주기로 동생 부부가 약속했다고 한다.

"너처럼 공부도 잘하고 착한 아이가 중학교에 못 가는 게 안타까웠는데 마침 잘 되었어. 내 동생 집에 가면 고생스럽진 않을 거야. 낮에는 애를 보고 밤에는 야간 중학교에 가서 열심히 공부해라. 그래서 꼭 훌륭한 사람이 되어야지. 집에 가서 엄마에게 말씀드리고 꼭 가도록 해라. 알았지? 이미 내 동생한테도 너를 보내겠다고 말했어. 어서 가 봐라."

선생님은 내 의견을 묻는 게 아니라 이미 정했고 그래야만 한다는 식으로 말했다. 나에게 가겠느냐 안 가겠느냐 묻는 것이 아니라 꼭 가라고 못을 박았다.

교무실을 나오는데 그제야 창피한 생각이 들었다. 공부를 계속할 수 있다는 선생님의 말보다, 나는 식모라는 말이 먼저 떠올랐다. 식모는 애 봐주고 밥하고 설거지를 했다. 지금이야 파출부나 가사도우미처럼 직업에 차별을 두지 않지만, 그때는 식모라고 하면 가장 천하고 낮은 직업으로 여기던 때였다.

나는 그 선생님 이야기를 듣는 도중에도 갈 생각도 없었고, 또 가고 싶지도 않았다. 더욱이 엄마한테 내 손길이 없으면 당장 불편한 일들이 한 둘이 아닐 것이었다. 물을 긷는 일이며 나뭇짐을 져오는 일, 비녀를 꼽아 낭자를 트는 일도 어려웠다. 당장 바늘귀를 꿰어 줄 사람도 없었다.

나는 이튿날 학교에 가자마자 그 선생님을 찾아갔다. 선생님이 환한 얼굴로 내게 말했다.

"엄마에게 얘기했지? 허락을 받았지?"

"네. 그런데 못 가요."

"왜? 내 동생이 학교도 보내주고 네 앞길도 잘 보살펴 준다고 했어."

나는 고개를 저었다. 선생님 앞에서 애 보기도 싫고 식모살이도 싫다고 말하기엔 좀 거북스러웠다.

"엄마 혼자 두고 갈 수가 없어요."

그제야 선생님이 안됐다는 표정으로 고개를 끄덕였다.

"그래. 어쩔 수 없지. 다른 애를 알아봐야겠구나. 엄마가 몸이 불편하시니 할 수 없지."

나는 얼굴이 화끈거렸다. 엄마 얘기만 나오면 나는 언제나 가슴
이 초조하고 답답했다.

그때 그 선생님의 동생 집으로 갔다면 지금 나는 어떻게 되었을
까. 제대로 중학교, 고등학교에 다니고 대학도 제때 나와서 보란
듯이 성공해서 잘살고 있을까? 아니면 막상 갔는데 여의치 않아
애나 보며 식모로 살다가 그저 그렇게 지내고 있을까.

165원짜리 운동화

아버지가 돌아가시자마자 우리 사정을 딱하게 여긴 이장이 오빠에게 임시 우체부 일을 하게 했다.

나는 우체부 모자를 쓴 오빠가 자랑스러웠다. 오빠는 자전거 앞에 커다란 우편 가방을 매달고 신작로를 씽씽 달렸다. 그럴 때는 오빠의 모자가 더 돋보였다. 우체부 모자는 경찰관 모자와 비슷했는데, 윗부분이 하얀색이어서 모자 쓴 오빠가 더 미남으로 보였다.

오빠는 나보다 다섯 살이 위였다. 아버지가 돌아가신 뒤로 나는 세상에서 오빠가 가장 무서웠다. 실수라도 하면 오빠에게 혼이 날까 봐 벌벌 떨었다. 다섯 살에 천자문을 떼었다고 동네 할아버지들이 오빠를 신동이라고 했다. 그런 오빠가 우체부가 된 것이다.

"얘들아, 우리 오빠여."

나는 친구들에게 오빠 자랑을 했다. 학교 갈 때나 올 때, 자전거를 탄 오빠가 지나가면 친구들 앞에서 어깨를 으쓱거렸다. 멋진 모자를 쓴 오빠가 친구들 앞을 천천히 지나가기 바랐다. 그래야 더 많은 친구가 오빠를 볼 수 있을 터였다.

아침마다 오빠는 편지들을 우편 가방에 가득 담고 산골 동네를 누볐다. 사람들은 멀리서도 하얀 모자를 보면 우체부인 줄 알았다. 오빠는 열여섯 살밖에 되지 않은 애송이 우체부였다. 하지만 편지봉투에 세로로 쓰인 어려운 한자도 척척 읽었다. 아버지에게 배운 한문 실력 때문에 우체부가 된 것이다.

어느 날 내가 학교에서 돌아올 때였다. 오빠가 편지를 다 배달하고 우체국으로 돌아가는 중이었다.

"얘들아, 우리 오빠여!"

나는 자랑스레 아이들에게 소리쳤다. 오빠는 내 가방과 친구들 가방까지 자전거에 싣고 바람같이 앞서가며 말했다.

"마당바위에 내려놓고 갈 테니까 빨리들 와라!"

나는 오빠 자전거를 함께 타고 뽐내고 싶었지만, 오빠는 가방만 싣고 가버렸다. 그래도 나는 좋았다.

"얘들아, 우리 오빠 멋있지?"

친구들은 시큰둥했다. 그뿐이 아니었다. 한 아이가 말했다.

"너희 오빠 까만 운동화 말여. 다 빵꾸 났더라."

"맞어. 양쪽 발가락이 다 보였어."

"히히, 모자만 멋있으면 뭐 허냐? 신발이 거지 같더라."

나는 금세 눈물이 날 것 같았다.

"다시는 너희하고 안 다닐 거여!"

나는 친구들한테 쏘아붙이고 혼자 집으로 왔다. 오빠 운동화가 댓돌 위에 놓여 있었다. 까만색도 햇빛에 바래 허연 잿빛이었다.

나는 오빠가 무서워서 속으로만 식식거렸다. 그날 밤 내내 친구들이 비웃던 모습을 참을 수가 없었다.

이튿날 학교 앞 신발가게에 가서 운동화를 기웃거렸다. 가게 아줌마가 내 신발을 바라보며 물었다.

"너, 운동화 사려구?"

"아, 아니유."

나는 깜짝 놀라 아니라고 고개를 절레절레 흔들었다. 그래도 자꾸 운동화를 쳐다보게 되었다. 그러다가 용기를 내어 물었다.

"저기, 저 남자 운동화유. 얼마래유?"

"이거 말이냐? 여자애가 사내 운동화로 뭐허게?"

"그, 그냥유."

"그냥? 바쁜데 그냥 왜 물어. 실없기는. 그건 새로 나온 거라 150원도 넘는디."

"150원도 넘으면 얼만디유?"

"165원이여."

나는 입이 딱 벌어졌다. 5원짜리 공책이 서른 권이 넘고, 장날 읍내 가면 한 그릇에 15원 하는 짜장면이 열 그릇도 넘었다.

나는 교실로 터덜터덜 들어갔다. 산수시간도 아닌데 165원,

165원 자꾸만 중얼거렸다.

학교 끝나고 집으로 가는 길에 오빠와 마주칠까 봐 겁이 났다.

일요일이었다. 억척쟁이로 소문난 이웃마을 수자가 찾아왔다.

"너 소문 들었니? 양조장에서 꼼방울(솔방울) 한 가마니에 7원씩 산대. 난 오늘부터 꼼방울 따서 팔려구. 너 나랑 같이 안 갈텨?"

이게 무슨 소린가. 더 생각할 필요도 없었다. 한 가마니에 7원. 열 가마니면 70원. 스무 가마니면 140원. 나는 갓 배운 구구단으로 금방 계산을 뽑아냈다. 내 머리는 시험지에 소나기만 쫙쫙 내리는 수자 머리에 댈 게 아니었다. 내 시험지엔 언제나 빨간 해가 잔뜩 떠 있었으니까.

그날부터 학교에서 돌아오자마자 솔방울을 땄다. 솔잎이 손등을 사정없이 찔렀지만 줄무늬가 그려진 멋진 운동화를 신고 있을 오빠를 생각하면 그까짓 것 했다. 엄마도 시간 날 때마다 솔방울을 모아주었다.

가마니가 가득 차면 등에 지고 양조장으로 갔다. 양조장에선 솔방울을 때서 쩌낸 고실고실하고 하얀 술밥이 구수한 냄새를 풍겼다. 맘씨 좋은 아저씨가 술밥 당번일 때는 어린애들이 기특하다고 술밥 한 덩이 꾹꾹 뭉쳐 찔러 넣어 주기도 했다.

"누가 너보고 돈 벌라구 했어? 계집애가 손이 그게 뭐여? 당장 그만둬."

오빠가 베로나 크림을 사다주며 혼낼 때도 나는 속으로 함지박만한 웃음을 베어 물었다.

아버지가 돌아가신 지 두 해째 가을이었다. 그렇게 모은 돈이 드디어 운동화 값을 넘어서는 날이었다. 나는 오빠 몰래 신발가게로 갔다. 솔방울 값을 주고 산 체크무늬 운동화를 보물처럼 안고 왔다. 하얀 끈을 엑스 자로 끼워 리본처럼 매듭지었다. 그리고 오빠가 오기만을 기다렸다. 오빠가 와도 금방 내밀고 싶지 않았다.

'스무고개를 할까? 잘 때 머리맡에 놓아둘까? 오빠의 우편 가방에 넣어놓을까.'

나는 상상만으로도 너무나 즐거웠다.

저녁 식사를 마친 오빠가 등잔불 심지를 돋우고 김유정의『동백꽃』을 읽고 있었다. 나는 도저히 더 기다릴 수가 없었다. 보물을 안듯 운동화를 품에 안고 오빠에게 갔다.

머릿속으로 멋진 상상을 했는데, 오빠의 물음 한마디에 그만 싱겁게 되어 버렸다.

"그게 뭐여?"

나는 아무 말도 못 하고 오빠 앞에 불쑥 운동화를 내밀고 쫓기듯 방을 나왔다.

'오빠가 얼마나 좋아할까.'

나는 오빠가 고맙다고, 정말 잘했다고, 아마도 고마워서 어쩔 줄 모를 것으로 생각하며 가슴이 터져나갈 듯 부풀어 올랐다.

그때 오빠가 운동화를 들고 안방으로 건너왔다.

"누가 너더러 이런 거 사랬어? 이거 도로 갖다 주고 돈으로 바꿔 와!"

오빠는 화난 얼굴로 야단치듯 말하고 방을 나갔다. 나는 오빠가 너무 미웠다.

'가서 바꿔오라니? 그동안 어떻게 모아서 산 운동화인데, 그걸 돈으로 바꿔오라고? 바보. 바보 같은 오빠. 사람 성의도 모르는 무섭기만 한 바보. 멍청이.'

나는 심한 말을 다 동원해도 분이 풀리지 않았다. 그 날부터 오빠가 미워 죽을 지경이었다.

중학생 교복을 입고 다니는 오빠 친구들만 봐도, 오빠가 안돼 보였다. 그런 오빠가 어른들이나 하는 우체부 일을 할 때 얼마나 멋있어 보였는지, 그래서 더 멋있게 보이라고 운동화를 사준 것도 모르고, 그걸 돈으로 바꿔 오라니, 나는 운동화를 내다 버리고 싶을 정도로 오빠가 미웠다.

이듬해 초여름이었다. 아버지 삼년상이 끝나자 오빠는 친지들이 들고 온 부조금을 몽땅 챙겨 집을 나갔다.

엄마는 날마다 우는 소리로 오빠를 걱정했다. 나는 친척들에게 말했다. 우리 오빠가 아버지 제사 때 들어온 돈을 몽땅 훔쳐 달아났다고. 우리 오빠를 찾아서 혼내주라고.

나는 그때까지 오빠에 대한 미움을 버리기는커녕 더 키우고 있었다. 엄마까지 걱정하게 만든 오빠가 미웠다. 엄마에게 그런 오빠는 없는 게 낫다고, 그만 걱정하라고 부추겼다. 엄마는 내 속도 모르고 철없는 소리 한다고 나무랐다.

추석을 앞두고 오빠에게서 소포가 왔다. 빨간 털스웨터였다. 나는 그 옷을 받아들고 오빠를 미워하는 마음이 조금씩 옅어지고 있었다.

오빠가 없는 빈방을 청소하던 날이었다. 쌓아놓은 책 가운데 오빠의 일기장이 보였다. 나는 아무도 없는 방에서 조용히 숨죽이고 오빠의 일기장을 넘기기 시작했다.

'더는 못 참겠어. 땅 한 뙈기도 없는 고향, 이곳에선 희망이라곤 눈 씻고 찾아볼 수 없어. 더 큰 세상으로 나가고 말 거야. 반드시. 이렇게 살 수는 없어.'

나는 답답해지는 가슴을 조이며 또 한 페이지를 넘겼다.

'영숙이가 오늘 나를 더 비참하게 만들었다. 하나밖에 없는 내 여동생. 내 동생이 손등 터져가며 모은 돈으로 산 운동화. 그걸 받으니 차라리 죽고 싶다. 바보. 착하기만 한 것. 누가 저보고 운동화를 사 달랬나. 누구보다 예쁘게 좋은 옷 입혀주고 맛있는 것도 사주고 싶은 내 동생. 영숙이를 위해서라도 빨리 결정을 내려야겠다.'

나는 그날 펑펑 울었다. 오빠가 보내준 그 스웨터를 안고 '오빠 미안해. 미안해' 하면서.

책 없는 문영숙

해가 바뀔 때마다 집 안 구석구석 대청소를 하면서 아이들 교과서부터 학습지들까지 몇 묶음씩 폐지로 버린다. 연년생인 두 아이가 대학에 들어간 뒤로 고등학교 교과서, 입시 참고서들을 몇 상자나 버려야 했다. 책이 귀했던 어린 시절을 보낸 나로서는, 그 많은 책 중에서 시간이 나면 읽을 욕심으로 상당수를 제쳐놓았지만 욕심처럼 쉽게 읽어지지 않는다.

내가 초등학교 다닐 때는 문자 그대로 보릿고개라는 궁핍한 시절이었다. 새 학기가 시작되기 전에 바로 위 학년으로부터 서둘러 교과서를 물려받지 못하면, 새 학년에 올라가서도 교과서 없이 공부해야 했다. 교과서를 받아도 행여 헤질세라 빳빳한 달력 종이로 교과서 표지를 싸두어야 마음이 놓였다.

위 학년에게 교과서를 물려받는 일이 각 학년 학생 수가 엇비슷할 때는 문제가 없었지만, 위 학년 학생 수가 적으면 아래 학년 아이 중 교과서 없이 학교에 다녀야 했던 아이가 여럿 되었다.

나를 비롯한 전후 베이비붐 세대인 1954년생들은 유독 교과서 구하기가 어려웠다. 학년이 바뀔 때마다 약삭빠른 학부모들은 상급 학년 아이들에게 미리 물려받을 교과서를 예약해 놓았다. 언니나 오빠가 있는 애들은 자동으로 집안에서 교과서를 이어서 썼다.

하지만 나는 혼자라 자칫 늦장이라도 부리면 같은 학교에서 교과서를 물려받는 일이 쉽지 않았다. 그 시절 교과서를 물려받는 일은 졸업식 노래에도 나온다. '물려받은 책으로 공부를 하며 우리는 언니 뒤를 따르렵니다'란 노랫말이 있다.

내가 교과서 때문에 한동안 '책 없는 문영숙'으로 불렸던 때는 초등학교 3학년 때였다. 어찌어찌하다가 그만 새 학기가 되도록 교과서를 물려받지 못해 한동안 교과서 없이 학교에 다녔다.

당시 교감 선생님이 임시담임을 맡았는데, 국어 시간만 되면 참으로 난감했다. 선생님은 돌아가면서 읽기를 시키다가 내 차례가 되면 "다음, 책 없는 문영숙 읽어 봐!" 하고 큰소리로 말씀하셨다. 그럴 때마다 얼굴이 빨갛게 되어 옆 짝꿍 책을 들고 일어나 읽었다.

'책 없는 문영숙'이란 별명은 상당한 오랫동안 붙어 다녔다. 지금도 그때 일은 내게 커다란 부끄러움으로 남아 있다.

그다음 해인 4학년 때부터 나라의 경제가 나아졌는지 가난한 학생들에게 교과서가 무상으로 지급되었다. 그때부터는 우리 집이 가난하다는 이유로 표지가 빳빳한 새 교과서를 받아 공부하게 되었으니 교과서 걱정은 끝났다. 새 교과서 겉표지에는 '무상지급 교과서'라는 빨간색 글씨가 커다랗게 찍혀 있었다.

'책 없는 문영숙'이었던 내가 지금은 책 속에 묻혀 산다 해도 과언이 아니다. 주변에 글 쓰는 사람들이 많아 한 달에도 몇 권씩 수필집을 비롯한 시집들을 보내온다. 출판사에서 보내주는 소설과 동화책들도 많다. 어느 때는 다 읽지도 못하고 쌓아놓기 일쑤다. 과연 격세지감을 실감하고 있다.

영화나 비디오, TV 등을 보는 동안 우리 뇌의 뇌파는 베타파 상태가 된다고 한다. 그 상태에서는 감정 기복이 심해 다른 사람과 잘 충돌하고, 사실을 잘 기억하지 못한다고 한다. 베타파 상태가 오래 지속되면 스트레스가 쌓이고 생체리듬이 깨져 암, 위궤양, 고혈압, 당뇨병 등 각종 질병에 걸리기 쉽다는 통계가 있다.

베타파와 반대되는 뇌파는 알파파이다. 뇌파를 알파파 상태로 만들어야 이들 질병을 예방하고 건강을 유지할 수 있다고 한다. 알파파가 나오게 하는 가장 효과적인 방법은 명상하거나, 조용한 음악을 듣거나, 좋은 책을 읽는 것이라고 한다.

내가 초등학교나 고등공민학교에 다닐 때는 졸업선물 중에 으뜸이 책이었다. 그만큼 책이 귀했다. 하지만 요즘 아이들은 학교에 입학하기 전부터 각종 그림책을 비롯해 학습지, 동화책 등 읽을거리가 넘쳐나는 세상에 살고 있다. 또 동네마다 도서관이 있고 학교에도 도서관이 있어 마음만 먹으면 얼마든지 읽고 싶은 책을 읽을 수 있는 세상이 되었다. 그러나 독서인구가 점점 줄고 있다고 하니, 참으로 안타까운 일이다.

어느덧 '책 없는 문영숙'에서 '책 쓰는 문영숙'이 되었다. 앞으로는 '좋은 책을 쓰는 문영숙'이 되는 것이 꿈이다. 자라나는 아이들이 내가 쓴 책을 읽고 따뜻하고 바른 심성을 키워 나갈 수 있기를 꿈꾼다. 열심히 책 쓰는 일이 내 본분이니, 이 또한 궁핍했던 시대의 반전이고, 내 삶의 반전이 아닌가.

편지, 나의 글쓰기 공부

1960년대, 내 고향은 산간벽지라 어른 대부분도 문맹이었다. 산자락 양지쪽에 일고여덟 가구가 한 마을을 이루며 옹기종기 모여 살았는데, 글을 읽고 쓸 줄 아는 어른이 별로 없었다.

자녀들은 초등학교를 졸업하면 바로 고향을 떠나 서울로 인천으로 일하러 갔는데, 글을 몰라서 자녀들이 보낸 편지를 읽지 못하는 부모들도 꽤 있었다. 시집간 딸에게서 편지라도 오면, 담배값이라도 들고 동네 식자들을 찾아가 아쉬운 부탁을 하던 시절이었다.

내 아버지는 한학을 하셔서 동네에서는 꽤 유식한 학자로 통했지만, 엄마는 글을 읽을 줄 몰랐다. 아버지가 돌아가시고 나자 도시로 나간 오빠한테서 편지가 오면 엄마는 내 눈을 통해서 읽어야 했다. 그 즈음부터 이웃 어른들은 외지에 나간 자식들에게서 편지가 오면 나를 찾아왔다.

우리 집은 나와 엄마 단 둘이 살고 있으니 우선 드나들기 부담이 없었을 것이다. 게다가 어린 내게 부탁하는 것이니 인사치레를 하지 않아도 되어 얼마나 편했겠는가.

이웃들 편지를 읽어주고 대신 답장을 써주기 시작한 것은 초등학교 3, 4학년 때부터였다. 처음에는 읽어주는 것만 하다가 어느 날인가부터 편지를 써주기 시작했다.

처음 편지를 쓸 때는 어른들이 불러주는 대로 받아쓰기하듯 썼다. 하지만 시골 아주머니들의 입말이다 보니 문장 구조나 앞뒤 서술이 제대로 맞을 리 없었다. 그러다보니 단순한 받아쓰기가 아니라 구구절절 풀어놓은 이야기를 정리해서 문장을 만들기 시작했다.

객지에 나간 자식들을 걱정하는 어머니들 이야기는 어느 대목에선 목이 메었고, 어느 대목에선 한숨이 태산이었다. 그런 세세한 사연들을 듣고 글로 만들어 쓰면서 어쩌면 나는 내 나이보다 앞서 철이 들었는지도 모른다.

편지를 다 쓴 후 읽어주면 어른들은 하나같이 이렇게 말씀했다.

"아이고, 내 속에 들어갔다 나온 것처럼 시원하게 잘 썼구나."

처음에는 내가 칭찬을 들을 만큼 정말로 글을 잘 쓴 줄 알았다. 하지만 글을 모르는 어른이 고사리 손에게 부탁하는 처지에 무슨 말을 더 하실 수 있었겠는가. 그저 말이 되는 것만도 대견했을 것이다.

편지를 읽어주고 대신 써주면서 나는 글쓰기 공부를 한 셈이다. 동네 웬만한 사건이나 집집의 은밀한 사연들까지 거의 꿸 수 있었으니 대필과 대독으로 얻은 값진 체험이었다.

어린 나이에 시집살이하는 이웃집 딸의 하소연도 알 수 있었고, 어느 집안의 대소사가 언제이며, 무슨 일이 있었는지까지 소상하게 알 수 있었다. 몸은 아이였지만, 편지를 읽고 쓰면서 어른 세계를 들여다볼 수 있었다. 그러다보니 나는 또래보다 상당히 조숙한 아이가 될 수밖에 없었다.

돌이켜보면 항상 나를 어려워하던 엄마도 내가 동네 사람들 편지를 대신 읽어주고 써주는 모습을 보며 자랑스러워했을 듯하다. 내가 엄마에게 효도한 때가 있다면 그때가 아니었을까.

나의 글쓰기는 일기쓰기에서 시작되었다. 3학년 때부터 하루도 안 빠지고 일기를 썼다. 우리 학교 아이들 일기장 중 내 일기장이 가장 두꺼웠다.

4학년 때 담임은 일기장 검사를 할 때마다 한 페이지 가득 내게 편지를 써주었다. 나는 담임선생님의 일기장 편지로 많은 위로와 용기를 얻었고, 더 열심히 일기를 썼다.

담임은 내 일기장을 읽으며 마음이 아팠다고 했다. 4학년짜리 여자애의 일기장에 산에 가서 나무를 했다느니, 물을 길어왔다느니, 보리밭을 매고 고구마를 심었다느니, 어른들이나 하는 일이 가득 쓰여 있었으니, 동정심이 든 것은 당연했을지도 모른다.

6학년 때 파월 장병에게 위문편지를 보냈다. 그런데 내 편지 문장이 꽤나 어른스러웠나 보다. 답장이 왔는데 '문영숙 선생님 귀하'라고 쓰여 있었다. 그 군인은 비둘기부대의 상사였는데, 나와 꽤 오랫동안 편지를 주고받았다. 덕분에 당시 월남전 소식을 편지를 통해 생생하게 들을 수 있었다.

월남에서 편지가 오면 우리 집에 모인 동네 아주머니들도 신바람이 났다.

"그러니께 월남에서는 우리나라 군인을 '따이한'이라 부른다는 말인감?"

"그렇대유, 따이한. 참 말도 이상허네."

"그런디 그 무슨 콩이라구? 콩을 때려잡는다니 그 콩이 얼매나 크길래?"

귀가 어두운 안택골 할머니는 베트콩을 먹는 콩으로 알아들었다.

"할머니, 먹는 콩이 아니고요. 우리나라 군인이 베트콩과 싸운대요."

"그러니께 얼매나 큰 콩인디 군인들이 콩과 싸운다는 겨?"

안택골 할머니 말에 꽁꽁 언 겨울밤도 녹일 만큼 웃음바다가 되었다.

1971년 봄, 내가 고향을 떠나던 날, 누구보다 안타까워하던 동네 어른이 있었다. 인천으로 딸을 시집보낸 아랫집 노부부였다.

살림은 우리보다 훨씬 넉넉했다. 할머니 할아버지 두 분이 논농사를 실하게 지어 언제나 쌀밥만 먹는 집이었다.

여름날, 아침이슬이 함초롬히 풀잎에 내려앉으면 사립을 열고 우리 집 쪽을 올려다보며 나를 불렀다.

"영식아! 영식아!"

그 시절 어른들은 이상하게도 '숙' 발음을 잘하지 못했다.

"예, 아주머니!"

나는 영식이가 되어 달려가곤 했다.

할머니는 풀밭에 널어놓았던 할아버지 모시 잠방이를 걷은 다음 벌건 잉걸불이 가득 담긴 손다리미를 들었다.

"이것 좀 붙잡아 달라고."

할머니는 잠방이에 다리미를 대고 쓰윽쓰윽 문질렀다. 그때마다 이슬에 살짝 목물한 모시 잠방이는 쉬익쉬익 허연 입김을 토해내며 잠자리 날개 같은 나들이옷이 되었다.

"밥 먹고 가게 하려고 불렀쟈. 많이 먹어라."

할머니는 우리 집에선 아버지 제사에나 올리는 하얀 쌀밥을 고봉으로 퍼주셨다.

그때는 할머니가 할아버지 모시 잠방이를 왜 그렇게 자주 다리는지 몰랐다. 아들 없는 한을 안으로 삭이며 동네 잔칫집이 있는 날마다 술을 취하도록 마시고 고래고래 소리 지르며 고갯마루를 비틀비틀 넘어오는 할아버지 속내를 나중에야 알아차렸다.

그런 날이면 할아버지 모시 잠방이가 오줌으로 젖었다. 할머니는 '저놈의 영감탱이' 하며 푸념을 늘어놓으며 모시 잠방이를 빨아 새로 다려야 했다.

　아들 없이 딸만 키워 시집보낸 후, 딸에게서 오는 편지를 내 눈을 통해 읽고 쓰던 할머니 할아버지. 지금은 다 돌아가셨다. 그분들은 내가 고향을 떠나던 날, 나를 붙잡고 눈물을 흘리며 아쉬워했다.

고등공민학교

초등학교를 졸업할 무렵 내가 사는 면 소재지에 새로 중학교가 생겼다. 정식 중학교로 인가받기 전이라 중학교라 하지 않고 고등공민학교라고 불렀다. 교실 바닥은 흙으로 다졌고, 벽은 시멘트 벽돌로 쌓아 함석지붕으로 대충 비를 가린 건물이었다. 하지만, 가르치는 과정은 중학교와 똑같았고, 선생님들의 열정도 대단히 뜨거웠다.

내가 그 학교에라도 들어갈 수 있었던 것은 순전히 그 학교를 세운 이사장님의 배려 덕분이었다. 이사장님은 근처 초등학교 교장에게 공문을 보내, 초등학교 졸업생 중에서 머리가 우수하고 공부를 잘하는데도 가정형편이 어려워 중학교에 가지 못하는 학생을 한 명만 추천해 보내달라고 했다. 학교를 새로 세웠으니 우수한 학생을 확보하려는 의도도 있었을지 모르겠다. 어쨌든 나는 초등학교 교장 추천 장학생이란 이름으로 고등공민학교에 장학생이 되어 입학했다.

나는 그 덕에 1학년 동안 학비를 면제받고 학교에 다닐 수 있었다. 이후에도 장학금과 아르바이트로 중학교 과정 3년을 학비 한 푼 안 내고 공부할 수 있었다.

2학년 때는 성적우수 장학생이 되었지만, 2학년 말에 그만 1등 자리를 놓쳤다. 3학년이 되자 나는 학비를 낼 수 없어 학교를 그만둘 처지가 되었다.

보다 못한 이사장님이 나를 불렀다.

"네가 학교를 그만둬서는 안 되겠기에 방법을 찾아보았다."

나는 무슨 말인가 싶었다.

"일 년 동안 쉬는 시간이 없어도 되겠지?"

나는 그때까지 이사장님이 왜 그렇게 묻는지 감을 잡지 못했다.

"교무실에 구매부 있는 거 알지? 거기서 쉬는 시간마다 애들한테 학용품을 팔거라. 지금은 급사가 하고 있는데, 이제부터 네가 그걸 맡아서 해. 그럼 학비를 벌면서 다닐 수 있어. 할 수 있겠니?"

나는 할 수 있고 없고를 따질 형편이 아니었다. 그렇게라도 해서 고등공민학교라도 마치는 게 나에겐 최선이고 최고였다.

3학년이 된 후부터는 쉬는 시간이 없었다. 수업이 끝나면 총알같이 교무실 한쪽에 있는 구매부로 달려가 학용품을 팔았다. 다음 수업 시작종이 울려도 항상 뒤늦게 준비물을 챙기는 학생들 때문에, 그 애들에게 학용품을 팔고 나서야 교실에 들어갈 수 있었다.

내가 그렇게나마 중학 과정을 공부할 수 있었던 것은 이사장님의 헌신적인 교육자 정신 덕분이었다. 이사장님은 어릴 때 소아마비를 앓아 심한 불구를 가진 분이었다. 그런 분이 낯선 땅에 와서 공동묘지를 개간해 학교를 짓고, 돈이 없어 공부를 못 하는 학생들을 가르쳤다. 그분이 아니었으면 나는 오늘이 없었을 것이다.

정계훈 이사장은 1940년에 태어났다. 세 살 때 중증 소아마비로 심한 불구가 되었다. 송악중학교를 거쳐 호서성경고등학교에 다닐 때부터 소설『상록수』의 배경이 된 당진 송악에서 심훈의 생질인 심재영 씨와 함께 상록학원을 이끌었다. 상록학원은 일제강점기에 작가 심훈이 자기 고향 당진군 송악면 부곡리에서 야학을 열어 동리 청년들에게 민족혼을 불어넣던 곳이었다.

이사장님은 시골 교회 전도사로 부임해 웨슬레 중등구락부를 만들고 학생 네 명을 가르치는 것으로 배움터를 시작했다. 그때 이렇게 첫 기도를 드렸다고 한다.

"하나님, 이화학당은 학생 두 명으로 시작했는데, 오늘날 유명한 배움터가 되었습니다. 저희에게 이화학당의 두 배나 되는 네 학생을 보내주셔서 감사합니다."

이사장님은 학생이 네 명이나 왔으니 얼마나 축복이냐고 감사 기도를 드린 것이다.

농촌 인구가 급감하고 성적 지상주의로 농어촌 학교가 대부분 폐교되는 위기에서도 이사장님은 참 인간을 가르치기 위해 애썼다. '경천애인'을 교훈으로 삼아 학생들에게 전인적 인성을 길러

주는 데 최선을 다해왔다.

충남 서산시 팔봉에 있는 팔봉중학교는 '작아서 아름다운 감성학교'로 지역 학생보다 도시 학생들이 더 가고 싶어 하는 학교가 되었다.

정계훈 이사장은 대통령 표창을 비롯해 3.1문화봉사상 등 굵직한 포상도 많이 받으셨다.

몇 년 전 모교에 선배작가 특강을 하러 갔을 때였다. 강의를 마치고 오찬 자리에서 이사장님이 말했다. 2016년이면 고등공민학교로 시작한 팔봉중학교가 개교 50주년을 맞는다며 그에 맞춰 50년사도 내고 조촐한 자서전도 쓰고 싶은데, 건강 때문에 손이 떨려 글을 쓸 수 없어 고민이라고 했다.

그날 나는 한 치의 망설임도 없이 말씀드렸다.

"이사장님, 걱정하지 마세요. 제가 써 드릴게요."

나는 작가라는 이름을 달고 글을 쓰면서 늘 이사장님께 빚을 진 마음으로 지내던 참이었다.

2015년 봄, 고향에 갈 일이 있어 아침 일찍 이사장님 댁을 찾아갔더니, 병원에 입원하고 집에 안 계셨다. 초조한 마음으로 서산중앙병원으로 달려가니, 이사장님은 이제 휠체어가 아니면 거동이 불가능한 상태였다.

노쇠한 이사장님을 뵈니 마음이 조급해 다음해에 자서전을 완성해 드렸다. 부디 오래오래 사시길 기도한다.

살아가면서 나와 이어지는 인연들의 소중함을 점점 더 가슴 깊이 느낀다. 늘 감사할 따름이다

수학여행

보릿고개를 넘기기 힘들었던 시절, 가난한 학생들에게 수학여행은 고통이었다. 나도 그랬다. 초등학교 6학년 때의 수학여행도 여비가 없어 가지 못했다.

고등공민학교 2학년 때였다. 한 학년에 한 반밖에 없어 3학년 선배들이 수학여행 갈 때, 2학년인 우리도 함께 가기로 했다. 목적지는 백제 역사 유적지인 부여와 공주 일대였다.

3학년 선배들과 함께 수학여행 간다는 말이 나오자마자 교실 안은 금세 떠들썩했다. 당시 수학여행이라고 해야 기껏 서산 옆에 붙어 있는 예산 수덕사 정도에 갔던 우리는, 전세 버스를 타고 공주와 부여 일대의 백제 역사를 돌아본다는 말에 모두 탄성을 질렀다.

나도 가고 싶었다. 여러 과목 중에서 유독 역사를 좋아했다. 그러나 수학여행은 곧 돈과 직결되었다. 집안 형편이 넉넉한 애들은 말이 나오자마자 바로 부모님에게 여행비를 받아 학교에 냈다. 그러나 나처럼 집이 가난한 애들은 부모님이 돈을 마련할 때까지 기다리며 눈치를 봐야 했다.

나는 아예 집에 말도 꺼내지 않았다.

수학여행 갈 날이 점점 가까워져 오자 담임이 종례시간마다 여행비를 빨리 내라고 재촉하기 시작했다. 나는 며칠 동안 눈치 보다가 수학여행이 코앞으로 다가온 어느 날, 교무실로 담임을 찾아갔다.

"저, 선생님. 저는 수학여행 못 가요."

집에다 알리지도 않았는데, 막상 못 간다 하려니 괜히 눈물이 나올 것 같았다.

담임은 아무 말 없이 고개만 끄덕이더니 알았다고 했다. 담임이 가야 한다고 야단이라도 치면 덜 속상할 것 같은데, 아무 말도 없으니 자신이 더 초라하게 느껴졌다.

다음날이었다. 수업이 모두 끝났을 때, 담임이 내게 말했다.

"교무실에 잠깐 들렀다 가라."

담임 말소리로 봐서는 야단칠 말투가 아니었다. 나는 무슨 일인지 궁금해서 교무실로 들어갔다.

"수학여행 말인데, 네 형편은 알지만 반장이 안 가면 어떡하냐? 인마, 여학생들은 네가 책임지고 이끌어야 하잖아."

우리 반은 남녀 합반이었고, 나는 여자반장이었다. 나는 할 말이 없었다. 여행 경비를 낼 돈이 없는데 어쩌라는 건지. 내가 가기 싫어 안 가는 것도 아닌데 담임이 야속했다.

"아무 생각 하지 말고 가는 거로 알고 준비해. 네 여행비는 내가 어떻게 해볼게. 알았지?"

담임이 내 눈을 똑바로 바라보며 말했다.

나는 고개를 저었다. 그즈음 나는 동정받는 게 가장 싫었다. 나를 불쌍하게 보는 눈길도 싫었고, 나를 염려하는 눈길도 애써 외면했다.

점심시간에도 학교 뒷산에서 다른 사람 눈에 뜨이지 않게 지낼 때라서, 수학여행 경비를 대신 내준다는 담임의 말이 달가울 리가 없었다.

"싫어요. 전 안 갈래요."

내 대답은 내 귀에도 단호하게 들렸다. 못 간다고 말한 게 아니라 가지 않겠다고 힘을 주었다.

담임이 다시 말했다.

"쓸데없는 고집 피우지 마. 넌 가야 해. 반장이라는 거 잊었니? 어서 가봐. 그리고 더는 딴말 하지 마."

담임이 내 등을 떠밀었다.

교무실을 나오는데 눈물이 핑 돌았다. 누군가에게 짐이 되는 게 너무 싫었다. 담임에게 빚을 지는 것도 싫었다. 담임이 아무리 야단쳐도 절대로 수학여행을 가고 싶지 않았다. 가뜩이나 초라한 내 존재를 더 처량한 존재로 만들고 싶지 않았다.

그날부터 집에 와서 엄마와 마주치면 괜히 짜증이 났다. 그렇다고 수학여행 얘기를 하고 싶지도 않았다. 엄마는 바늘방석에 앉은 것처럼 내 눈치를 봤다.

나는 가슴이 답답할 때마다 마당에 나와 달을 쳐다보면서 한숨만 쉬었다.

'나는 왜 이처럼 가난뱅이 집에서 태어났을까. 엄마가 장애인인 것만도 속이 상한데, 왜 돈까지 없어서 이런 고민을 해야 할까.'

하늘 높이 떠 있는 보름달이 얼마나 차갑게 느껴지는지, 아무것도 내 편이 없었다. 초등학교 때도 수학여행을 못 갔는데, 그때는 지금처럼 속이 상하지는 않았다.

나는 초등학교 때부터 역사 과목을 좋아했다. 백제의 숨결이 살아있는 부여 낙화암도 가보고 싶고, 고란초가 있다는 고란사도 가보고 싶었다. 오빠가 즐겨 부르던 유행가 〈백마강 달밤〉의 노래 속에 나오는 백마강도 가보고 싶었다. 이름만 들었던 공주의 갑사나 마곡사도 내 눈으로 직접 보고 느끼고 싶었다. 그런 기회를 누릴 수 없는 현실이 야속하기만 했다.

나는 학교에서는 아주 의연한 척했다. 담임은 가끔 안타까운 눈으로 나를 바라보았다. '쓸데없는 생각 하지 마.' 하고 내 맘을 꿰뚫어 보는 것 같았다. 나는 그럴수록 내 마음을 더 단단하게 꽁꽁 동여맸다.

어느덧 수학여행이 하루 앞으로 다가왔다. 담임이 또 나를 불렀다.

"이거 예금통장인데, 내일 좀 늦어도 되니까 이 돈 찾아서 와라. 꼭 네가 갖고 와야 해."

담임이 내민 통장은 우체국 학급통장이었다. 도장과 함께 주면서 통장에 있는 돈을 모두 찾아오라고 했다. 거절하지 못하고 통장을 받아든 나는 어찌해야 좋을지 답답하기만 했다.

담임은 내가 수학여행에 오지 않으리란 걸 눈치로 알아챈 것 같았다. 그래서 우체국에 들러 돈을 찾아오라고 일부러 심부름시키는 게 분명해 보였다. 우체국은 우리 동네 면사무소 바로 옆에 있었고, 나는 학교에 가려면 우체국 앞을 지나야 했다.

나는 담임의 마지막 말이 걸렸다.

'꼭 내가 갖고 와야 한다고. 그럼 누구를 대신 보낼 수 있다고 판단한 건가? 어떡하지?'

나는 마음이 급했다.

담임은 수학여행 준비를 하라며 집에 일찍 돌려보냈다. 나는 집에 와서 그제야 엄마에게 사실을 털어놓았다.

"어떡하나? 미리 말했으면 좀도리 쌀이라도 팔아서 경비를 마련할걸. 다는 못 구해도 조금이라도 마련할 수 있었을 텐데. 집안에 돈이라곤 한 푼도 없는데 당장 어찌해야 할지…."

엄마는 이웃에 사는 새댁에게 돈을 빌리러 갔다. 잠시 후 새댁이 우리 집으로 왔다.

"시골 구석에 돈을 쌓아놓고 있는 사람이 어디 있어요? 미리미리 말했어야 지난 장날에 뭐라도 팔아서 몇 푼이라도 마련하지.

이걸 어째? 다른 애도 아니고 네 수학여행이라니, 참말 큰일이구나. 아주머니 밀가루는 있지요?"

이웃집 새댁이 엄마보다 더 안타까워했다.

우리 집엔 늘 밀가루가 있었다. 아버지가 돌아가신 뒤로 생활보호 대상자로 지정되어 면사무소에서 한 달에 한 번 밀가루를 배급받았기 때문이었다. 덕분에 굶지 않고 칼국수, 수제비, 개떡 등 밀가루로 뭐든 만들어 먹을 수 있었다. 밀가루도 누런 토종이 아니라, 분가루처럼 하얀 수입 밀가루였다.

밀가루는 태평양 너머 미국에서 배로 실어온 원조식품이었다. 광목으로 된 밀가루 포대에는 한쪽에는 한글로, 다른 쪽에는 영어로 '이 물품은 미국 국민이 한국 국민에게 주는 원조식품입니다'라고 쓰여 있었다. 밀가루 포대에는 한국 사람과 미국 사람이 악수하는 그림과 두 사람 위로 별이 많은 미국 성조기가 그려서 있었다.

무더운 여름이면 밀가루에서 쉰 냄새가 날 때도 있었다. 배에 실려 태평양을 건너오는 동안 변질된 것이다. 쉰 밀가루는 색깔부터 누리끼리했다. 음식을 만들면 시큼털털한 맛이 났다. 그래도 우리는 그걸 먹고 살았다. 신기하게도 쉰 밀가루로 음식을 해 먹어도 배탈이 나지 않았다.

엄마가 함지박에 밀가루를 담아왔다. 이웃집 새댁이 두 팔을 걷었다.

"아주머니, 팥 있어요? 팥이 있어야 하는데!"

"산밭에서 딴 게 좀 있을 거야. 그런데 팥은 뭐하게?"

"수학여행 간다는데, 돈은 없지만 밀가루가 있으니 팥소를 넣은 찐빵이라도 쪄서 보내야죠."

얼굴이 살짝 얽은 이웃집 새댁은 도시에서 시집왔다. 친정이 제물포 어디라고 했다. 마음이 후덕하고 특히 나에게는 친구처럼 잘 해주었다. 새댁은 산골로 시집와 시골 살림을 하는 법을 우리 엄마한테 많이 배우고 있었다.

"찐빵? 그럼 그거라도 쪄 볼까?"

엄마는 팥을 씻고 새댁은 막걸리를 준비하고 야단법석이 났다.

"밀가루는 막걸리로 반죽해서 부풀리고, 그동안 팥을 삶아 팥소를 만들면 돼요. 빨리 서둘러야겠어요."

나는 하얀 교복 깃을 빨아 풀로 빳빳하게 세웠다. 운동화도 바닥이 거의 닳아 달랑달랑했지만, 그래도 하얀 끈은 깨끗이 빨아 손으로 납작하게 쭉쭉 훑어 가마솥 솥전에 붙였다. 그래야 다리미로 다린 것처럼 모양새가 났다.

그날 밤 우리 집은 늦도록 시끌벅적했다. 새댁은 삶은 팥을 절구에 사카린과 함께 넣고 찧어 달콤한 소를 만들며 말했다.

"내일 아침 일찍 쪄서 바로 가져가야 좋겠죠. 그래야 말랑말랑하고 맛있을 거예요."

"아유, 새댁 덕에 찐빵이라도 들려 보내게 되었으니 그나마 다행이야. 그런데 수학여행 갈 때 읍내도 들렀다 가냐?"

엄마가 걱정스레 물었다.

"응, 읍내 사는 아이들은 학교에 오지 말고 읍내에서 기다리라고 했어. 거기서 태워간다고."

"아휴, 그럼 잘됐다. 땡전 한 푼 없이 수학여행 갈 수야 없지. 좀도리 쌀 모아놓은 거 한 되는 될 거니까, 낼 읍내에서 애들 태울 때 얼른 팔아 여행비를 보태든지 용돈으로 써라."

"어머, 그럼 되겠다. 읍내에서 애들 태울 때 시간이 되겠네. 그래라."

이웃집 새댁까지 거들고 나서는 통에 나도 얼결에 고개를 끄덕였다. 일단 한 푼이라도 돈을 마련할 수 있어 기뻤다.

이튿날 아침, 따끈따끈하게 찐 찐빵이 읍내에서 파는 것보다 더 맛있어 보였다. 찐빵에 쌀자루까지 챙기니 제법 짐이 묵직했다. 엄마는 좀도리 쌀이라도 들려 보내 다행이라며 잘 갔다 오라고 했다.

쌀자루

쌀자루와 찐빵을 들고 학교 가는 길에 우체국에 들렀다. 통장에 든 돈을 모두 찾아서 서둘러 학교로 갔다. 운동장에 들어서니 벌써 아이들이 얼굴 가득 웃음꽃을 피우며 재잘거리고 있었다. 전세 버스도 운동장에 이미 도착해 있었다.

나는 우선 버스에 올라 앞쪽에 있는 네모난 짐받이에 찐빵과 쌀자루를 얹어두고 교무실로 뛰어갔다. 담임이 달려오는 나를 보자 반갑게 맞았다.

"우체국 들렀지?"

"네, 여기 돈 찾아왔어요."

"그래. 수고했다. 자, 인원 파악 좀 하고, 아, 그리고 멀미하는 애들 누구누군지 알아보고, 멀미가 심한 애들은 앞쪽에 앉으라고 해. 너는 인원 파악 다 하고 맨 나중에 타라. 자, 어서 서둘러."

담임도 흥분되는지 한꺼번에 여러 일을 시켰다.

드디어 수학여행이란 걸 가게 된 것이 꿈만 같았다. 낙화암, 고란사, 공주 마곡사와 갑사까지 돌아본다는 생각에 가슴이 뛰었다.

선배들이 버스에 오르기 전부터 기를 잡았다.

"3학년 선배들이 수학여행 가는 거니까 잔심부름은 2학년인 너희들이 다 해라."

나는 마지막까지 담임과 인원 점검을 마치고 버스에 올랐다. 앞자리는 이미 꽉 차서 맨 뒤쪽에 가서 앉았다.

버스가 출발하자마자 초조해지기 시작했다.

'버스 앞 짐받이에 놓은 쌀자루를 어떻게 팔아야 하나. 읍내에선 얼마 동안이나 버스가 정차할까. 앞쪽에 남학생 선배들이 앉아 있는데, 창피해서 어떻게 쌀자루를 들고 나가지?'

차창에다 눈을 두고 고민하고 있는데, 버스는 신나게 달려 어느새 대문다리, 차리고개, 벌말을 지났다. 읍내에 곧 도착할 것이다.

나는 가슴이 콩닥콩닥 뛰었다. 엄마에게 쌀자루를 받아들 때는 엄마 말대로 하면 되겠지 했는데, 아무리 생각해도 곡식 파는 싸전에 갈 시간이 여의치 않을 것 같았다. 버스 운전사에게 잠깐 기다려달라는 말은 절대로 할 수 없었다.

드디어 버스가 읍내로 들어서는 큰길 입구에 도착했다. 읍내 사는 아이들이 버스를 향해 손을 흔들었다. 기사가 차를 멈추고 아이들을 태웠다. 애들을 태우느라 정차한 시간은 채 1~2분도 걸리지 않았다.

버스는 아예 읍내에는 들어가지도 않고 쭉 뻗은 외곽도로로 바람처럼 달렸다. 싸전은 읍내 터미널 앞에 있었다. 버스가 읍내로 들어가 터미널에서 아이들을 태울 거로 생각했던 나와 엄마의 예상은 완전히 빗나갔다.

나는 그때부터 바늘방석에 앉은 것만 같았다. 앞에 놓인 쌀자루가 어딘가로 증발해 버렸으면 좋겠다는 생각이 머릿속에 가득했다.

'뒤에 앉길 잘했어. 모른 척해 버릴래. 알 게 뭐야.'

아무리 신경 쓰지 않으려 해도 자꾸만 앞에 놓인 쌀자루가 보였다. 찐빵 보따리가 쌀자루보다 훨씬 부피가 커서 쌀자루는 나에게만 보일 뿐, 다른 사람은 만져보지 않으면 잘 알 수도 없었다.

얼마쯤 달렸을까. 음암을 지나고 해미도 지났다. 예산인지 당진인지 버스는 가로수를 뒤로 휙휙 밀쳐내며 시원스럽게 내달렸다.

담임이 앞자리에서 아이들을 휘휘 둘러보며 말했다.

"야, 먹을 거 좀 내놔 봐. 아침을 제대로 못 먹고 나왔더니 벌써 출출하다야."

하지만 담임 말에 누가 선뜻 '여기 있어요' 하고 먹을 것을 내놓는 아이들이 없었다. 먹을 게 없어서가 아니라 부끄러워서 내놓지 못했다.

그때였다. 담임이 짐받이에 놓인 보따리들을 뒤적거렸다.

"야! 이거 뭐야? 쌀이잖아. 어느 놈이 쌀을 다 가져왔어? 내 참! 밥 굶길 줄 알고 밥해 먹으려고 가져왔냐? 이거 누구 거야?"

순간 나는 쥐구멍이라도 찾고 싶었다.

'하필이면 담임 눈에 쌀자루가 뜨일 게 뭐람.'

나는 도저히 내 것이라고 말할 용기가 없었다. 담임이 야속하고 원망스러웠다. 그나마 뒷자리에 앉은 게 얼마나 다행인지 몰랐다. 나는 모른 척, 아예 앞쪽으로는 눈길도 주지 않고 창문만 바라보았다.

"야? 쌀자루 임자! 없어! 이거 누구 거냐니까?"

"아니, 그거 정말 쌀이에요?"

"글쎄, 그렇다니까요. 어느 녀석이 쌀을 다 가져왔는지 원."

"어허라. 여기 찐빵도 있네. 야, 따끈따끈한 거 보니 맛있겠는데. 먹어도 되지?"

담임과 다른 선생님들이 내 쌀자루에 대해 이러쿵저러쿵 얘기했다. 나는 점점 더 속이 까맣게 탔다. 아예 어딘가로 증발해 버리고 싶었다.

나 역시 찐빵을 제대로 먹어 보지도 못 하고 허겁지겁 싸 들고 왔다. 그러나 찐빵 임자라고 나섰다가는 쌀자루 주인이 밝혀질까 봐 그대로 앉아 있었다.

담임이 찐빵을 꺼내 먹기 시작했다.

"우와, 이 찐빵 꿀맛이다. 진짜 맛있어. 이 빵 누구 거야? 다 먹어도 되냐? 임자 없어?"

담임은 정말 찐빵이 맛있는 모양이었다. 여기저기 하나씩 나눠 주기까지 했다. 다른 선생님들도 맛있다며 먹었다. 수학여행을 간다 해도 특별한 간식거리가 별로 없던 때였다. 고작 계란이나 밤 삶은 게 전부일 때였다.

나는 담임이 점점 더 원망스러웠다. 왜 나에게 통장 심부름을 시켜서 안 가겠다는 나를 데리고 왔는지, 거절하지 못한 게 후회스러웠다. 할 수만 있다면 차에서 내려 당장 집으로 돌아가고 싶었다.

쌀을 팔아서 용돈 하라고 준 엄마도 원망스럽고, 넙죽 받아들고 온 나도 바보천치처럼 느껴졌다.

내가 가져온 찐빵은 앞에서 이미 동이 난 모양이었다. 찐빵을 찔 때만 해도 얼마나 행복했는지. 그런데 그 쌀자루 때문에 엉뚱한 입으로 다 들어가 버렸다. 하지만 찐빵을 못 먹은 건 아무렇지도 않았다. 쌀자루 때문에 다른 것은 조금도 신경 쓸 겨를이 없었다.

나는 맨 뒤에서 차창에 지나치는 나무들, 들녘 그리고 산들을 멍하니 바라보고 있었다. 버스 안은 점점 여행의 열기로 뜨거워지기 시작했다. 선생님들은 선생님대로 아이들은 아이들대로, 집에서 가지고 온 간식들을 꺼내 먹으며 떠들어댔다. 나만 외톨이 같았다. 친구가 말을 걸어도 괜히 눈물이 나올 것만 같았다. 나중에는 저 쌀자루를 어떻게 처리해야 할지 오로지 그 생각으로 머리가 터질 것 같았다.

'절대 아는 체하지 않을 거야. 더구나 저 앞에 내가 좋아하는 3학년 오빠도 있는데, 하필 저 오빠는 왜 거기 앉았담?'

버스가 어느새 갑사에 다가가고 있었다. 버스에서 내려 갑사를 돌아보는데 아름다운 경치도 눈에 들어오지 않았다. 점심을 먹을 때도 오로지 내 맘속에는 쌀자루만 있었다. 다시 부여로 가려고 버스에 오를 때도 앞에 있는 짐받이 쪽은 거들떠보지도 않고 뒤쪽으로 와 버렸다.

'엄마는 저 쌀을 일 년 내내 모았을 거야. 혹시라도 내가 아프면 죽을 끓일 쌀이겠지. 아냐, 내 생일날 하얀 쌀밥을 해 주려던 쌀일까.'

나는 생일에도 하얀 쌀밥을 먹은 기억이 없었다.

'아버지 제사상에 올리는 뫼를 지으려고 모은 쌀일까.'

엄마가 그 쌀을 근근이 모았을 걸 생각하자 가슴이 답답하고 코끝이 찡했다. 누가 내 얼굴을 보고 눈치챌까 봐 얼른 깊은숨을 들이쉬고 비참한 생각을 애써 털어냈다.

'엄마에겐 쌀을 팔았다고 말해야지. 그 돈으로 나도 맛있는 거 사 먹었다고 하지 뭐. 엄마한텐 그래야 해. 엄마한테 버렸다고 말해서는 안 돼.'

나는 혼자서 마음을 다지며 중얼거렸다. 어쩌다 담임과 눈이 마주치면 얼른 피했다. 따지고 보면 담임은 고마운 분이었다. 나의 수학여행비도 대신 내주지 않았는가.

드디어 버스가 부여에 도착했다. 모두 자기 짐을 챙겨서 버스에서 내렸는데, 나도 쌀자루 쪽은 쳐다보지도 않고 도망치듯 내려 버렸다. 내 등 뒤에서 버스 운전사가 쌀자루를 왜 안 가져가느냐고 부를 것만 같았다. 나는 시치미를 떼고 정해진 방으로 얼른 들어갔다.

방은 풍기문란 예방 차원에서 선배들과 함께 자도록 배정되어, 3학년 언니들과 지내게 되었다. 그때까지 아무도 쌀자루 이야길 하지 않았다. 다행이다 싶으면서도 담임 눈치가 보였다.

나는 반장이라서 담임이 시키는 심부름은 어쩔 수 없이 해야 했다. 하지만 그런 일 외에는 절대로 담임 가까이에 가지 않았다.

쌀자루가 계속 찜찜하긴 했지만, 여행하다 보니 새로운 것들에 대한 호기심으로 잠시 쌀자루를 잊을 때도 있었다.

밤이 되어 교복을 벗어놓고 체육복으로 갈아입고 잠을 잤다.

이튿날 아침을 먹고 다음 목적지인 부소산으로 떠나기 위해 옷을 갈아입을 때였다. 교복 상의 주머니에 종이 같은 것이 만져졌다. 무심코 손을 넣어보니 백 원짜리 두 장이 들어 있었다. 이백 원이었다. 지금으로 치면 상당한 액수였다.

'이게 웬 돈일까?'

처음엔 겁부터 났다.

'돈이 하나도 없는데, 그냥 시치미 뗄까. 아냐, 아마 저 언니 중 하나가 자기 옷인 줄 알고 실수로 넣었을 거야. 아니지. 그렇다면 잃어버렸다고 찾아야 할 텐데, 왜 아무 말도 없담?'

나는 짧은 순간 난데없는 이백 원 때문에 갈팡질팡했다. 언니들의 표정을 보니 돈을 잃어버린 표정이 아니었다.

'도대체 이게 무슨 일이람?'

그래도 그냥 모른 체할 수가 없었다.

"저기 이거요? 혹시 언니들 돈 아니에요?"

"아냐, 왜? 무슨 돈인데?"

전혀 모르는 눈치였다.

'이게 무슨 귀신이 곡할 노릇이란 말인가?'

어찌해야 할지 몰랐다. 언니들이 서둘러 짐을 챙겨 밖으로 나갔다. 나는 맨 나중에 방에서 나왔다. 그때 내 옆에서 잔 선배 언니가 다가와 내 귀에 대고 말했다.

"있잖아, 모른 척해. 어젯밤 늦게 너희 반 담임이 나한테 살짝 부탁한 거야. 네 주머니에 넣어두라고. 그러니까 다른 애들한테 아무 말도 하지 마. 너희 담임도 말하지 말라고 했어."

나는 자존심이 땅바닥이 아니라 땅속까지 곤두박질쳤다.

"언니, 왜요? 왜 담임이 돈을 준 거예요?"

"나도 몰라. 너희 담임이 절대 자기가 넣었다는 말 하지 말라고 했는데, 어쩔 수 없이 해 버렸네. 너 제발 모른 척해. 나도 곤란하니까. 알았지?"

"언니, 이거 도로 돌려드리고 싶은데, 어떡하죠?"

"안 돼. 그럼 내 입장이 뭐가 되니?"

나는 쥐구멍이라도 있으면 들어가 숨고 싶었다. 담임이 분명히 쌀자루가 내 것이란 걸 알아 버린 것 같았다. 나는 울어야 할지 웃어야 할지 한숨만 푹푹 나왔다. 곧 버스를 타야 하는데 버스에 어떻게 오를지 발이 떨어지지 않았다. 오줌도 마렵지 않은데, 괜히 화장실에 몇 번이나 들락거렸다.

다른 사람들이 버스에 다 탄 다음, 늦었다는 듯이 후다닥 버스에 올랐다. 앞쪽은 쳐다보지도 않고 뒷자리로 가 앉았다. 얼굴이 화끈화끈했다.

힐끗 본 앞쪽 짐받이는 깨끗했다. 쌀자루가 어디로 갔는지 보이지 않았다.

'엄마가 알면 얼마나 황당할까.'

버스가 부소산 주차장으로 들어섰다. 그곳에서 내려 낙화암과 고란사까지 걸어서 간다고 했다. 나는 담임과 멀찌감치 떨어지려고 뒤로 쳐졌다.

부소산 정상까지 가파른 길을 올랐다가, 돌계단으로 내려가 낙화암으로 갔다. 낙화암에서 단체 사진을 찍었다. 고란사는 계곡으로 한참 내려가야 한다고 했다. 나는 맨 뒤에서 따라갔다.

중간쯤 내려갔을 때였다. 저만치 앞에 간 줄 알았던 담임이 바로 내 뒤에서 말했다.

"야! 왜 그렇게 힘이 없어? 벌써 지쳤냐? 어깨 좀 펴고 걸어!"

나는 아무도 보지 않을 때 담임에게 받은 이백 원을 돌려주고 싶었다. 머뭇거리며 주머니에 손을 넣었다. 이백 원을 꺼낼까 말까 망설이는데, 가파른 내리막길이 나왔다. 담임이 앞서더니 나에게 손을 내밀었다.

"여기 아주 미끄럽다. 자, 손 이리 내."

나는 얼른 돈 이백 원을 내밀었다.

"선생님, 저 이거 돌려드릴래요."

선생님이 나를 똑바로 바라보며 걸음을 멈추었다.

"그게 뭔데?"

"선생님이 제 주머니에 넣어두라고 하셨다면서요?"

"뭐? 참나. 그 녀석 말하지 말라니까. 기어이."

담임이 돈을 든 내 손을 내 쪽으로 밀며 말했다.

"어제 미안했다. 난데없이 쌀이 있기에 나도 놀랐지. 그렇게 떠들지 말아야 했는데, 내가 그만 경솔했어. 그건 그렇고, 그 돈은 너 용돈 하라고 넣은 거야. 이 녀석아, 미리 나한테 말했으면 좋았잖아. 나중에 그 자루에 쓰인 글자를 보고 네 것인 줄 알았다. 배급 밀가루 포대여서 넌 줄 알았지. 또 네 표정에서도 읽었고. 우리 반에 배급 타는 애는 너밖에 없으니까. 어머니께 빵 맛있게 먹었다고 말씀드려라."

나는 울컥 눈물이 나왔다. 침을 꿀꺽 삼키고 눈을 몇 번이나 깜빡거려도 주책없이 눈물이 흘러내렸다. 혼자 시치미를 뗀다고 했어도 담임 눈에는 내가 당황하는 게 훤히 보였다는 말이었다. 여행비까지 대준 담임한테 용돈까지 받을 수는 없었다.

"저 이 돈 필요 없어요. 용돈 없어도 돼요. 여행비도 내주셨잖아요."

"그럼 그 쌀값이라고 생각해. 숙소에서 그 쌀 주고 밥값 좀 깎았다. 그러니까 받아도 돼. 어서 넣어둬! 그리고 좀 웃어라. 너라고 천년만년 가난할 줄 아냐? 넌 네 환경을 분명히 뛰어넘을 수 있어. 내가 관상을 볼 줄 알거든. 네 얼굴에 그렇게 쓰여 있어, 인마. 그러니까 지금처럼 열심히 살면 돼. 하하, 빨리 가자. 어서 와!"

담임이 어색하게 웃으며 내 손을 잡아끌었다. 나는 담임의 말을 믿고 싶었다. 정말 내 얼굴에 그렇게 쓰여 있기를 바라면서 씁쓸한 마음을 달랬다.

3학년 때는 가까운 수덕사로 수학여행을 갔지만, 나는 다시는 동정을 받으며 여행하고 싶지 않았다. 수덕사로 여행 가는 날, 나는 김장배추를 심으려고 채마밭을 삽으로 일구었다.

'벗어날 수 없는 내 환경도 삽질에 따라 겉흙이 속으로 들어가고, 속의 보드라운 흙이 겉으로 나오듯이, 그렇게 뒤집힐 날이 있다면 얼마나 좋을까.'

그날도 엄마는 온종일 내 눈치를 살피며 미안해했다.

어느 겨울밤 풍경화

그 겨울밤들은 얼음처럼 맑고 차가웠다. 산촌의 얼어붙은 밤공기가 신작로의 발걸음 소리와 부딪치면 그 파열음은 시린 가슴에서 아픈 울림으로 다가왔다.

가난의 굴레 속에서 키만 껑충했던 까무잡잡한 나는 연민의 시선을 충분히 받을 만큼 유난히 목이 긴 사춘기 소녀였다.

홀어머니 밑에서 수업료도 제대로 마련할 수 없었던 고등공민학교 3학년 때, 우등을 놓쳐 장학금을 받지 못하고 문방구를 파는 학교 구매부를 맡아 학비를 벌면서 공부할 수밖에 없었다.

일주일에 두어 번 20여 리 떨어진 읍내에 나가 동난 학용품들을 사다가 뒷정리까지 마치면 이슥한 밤이 되기 일쑤였다.

왕복 이십 리를 통학하던 때라 조숙한 여학생이 늦게 귀가하는 것이 꽤나 걱정스러웠는지 담임선생님은 가끔 우리 집까지 동행해 주었다. 선생님은 타지 사람으로 학교 근처에서 하숙했는데,

하숙집이 마침 우리 집 가는 길목에 있었다.

언제나 처한 현실이 불만스러워 이유 없는 반항 같은 것이 내면에 가득했던 내게 많은 위로와 힘이 되었던 그 선생님은 큰 키에 길맞게 키다리 선생님이란 별명으로 통했다.

그 선생님과 함께 걷던 겨울밤 정경은 지금도 한 폭의 아련한 추억으로 늘 그리움에 쌓여 있다.

산야에 눈이 하얗게 쌓인 겨울밤. 인천까지 뱃길로 연결되던 구도 포구를 서산 읍내와 이어주는 길은 하루에 버스가 서너 번밖에 다니지 않던 시절이었다. 막차도 끊어진 지 오래인 늦은 밤. 아스팔트 포장이 되지 않은 신작로에 쌓였던 눈은 낮 동안 질퍽하게 녹았다가 저녁 한기에 그대로 얼어붙었다. 내딛는 발걸음에 얄팍한 얼음이 깨지며 발소리가 유난히 크게 들렸다.

네댓 발짝 앞서가는 선생님 뒤에서 외투도 없이 가방 든 손이 너무 시려 가끔 손을 바꾸어 드는 소리 외에는 어떤 소리도 그 틈을 비집고 들어올 수 없었다. 한겨울 추위처럼 꽁꽁 얼어붙은 침묵이 발걸음 소리에 깨져 허공으로 흩어졌다.

가족을 떠나 타지에서 하숙하던 선생님은 긴 겨울밤을 혼자 보내기가 적적해 제자도 배려할 겸 함께해준 걸까?

달빛은 나와 선생님의 그림자를 난쟁이로 만들며 따라오고, 신작로 밑으로 처얼썩 철썩 밀물이 밀려오면 성엣장 둥둥 떠 있는 물결 사이로 달빛은 은박을 수놓은 듯 반짝거렸다.

야트막한 산자락 그림자들은 골골마다 까만 휘장을 덮은 듯했고, 대숲을 뒤로한 초가집 창호 문에서 부챗살처럼 퍼지는 호롱 불빛이 더없이 아늑하게 겨울동화를 풀어내는 것 같던 밤길. 살 속까지 파고드는 한기에 몸을 한껏 움츠리고, 서로 혹 손끝이라 도 스칠까 정확히 유지하던 선생님과의 거리는 재로 잰 듯 한결 같은데, 발소리의 규칙적인 공명에 컹컹 개 짖는 소리만 적막을 깨뜨렸다.

한두 번이 아니었을 밤 귀갓길. 유난히 달빛이 환하게 내렸던 밤들만 기억 속에 남아 있다.

나지막한 언덕길을 넘다 보면, 소나무숲 가장자리에 상여를 보 관하던 상엿집이 있었는데, 그곳을 지날 때면 나도 모르게 걸음 이 빨라졌다. 상엿집은 나무살 사이로 비쳐드는 달빛이 지붕 아 래 음습한 그림자를 만들었다. 사선으로 흔들리는 그림자들은 마 치 죽은 자의 고혼들이 그 틈에서 너울거리는 듯 음침한 영상을 만들었다.

그럴 때면 선생님 바로 옆까지 바짝 다가가기도 했지만, 다시 뒤 처져 몇 발짝 거리를 유지하곤 했다.

우리 집은 신작로에서 조금 벗어나 고샅길을 따라 산자락에 있 었다. 선생님은 늘 내가 사립문을 열고 방으로 들어가는 것을 확 인한 후에야 발길을 되돌렸다.

왕복 이십여 리 혹한의 밤길을 마다치 않고, 제자의 안전한 귀 가를 챙겨주던 선생님.

다정한 대화가 오갈 듯도 했건만 유난히 말수가 적은 내게 그 어떤 상처라도 주지 않으려는 배려였을까? 그때의 나는 누구라도 내 주변에 관심을 두는 것 자체를 싫어했다.

궁색한 살림살이며 의지할 곳 없는 외로움을 남에게 보이고 싶지 않던 자존심이 나를 더 고독의 성 속으로 갇히게 했었나 보다.

선생님은 다시 오던 길을 되짚어가며 목청을 돋우어 부르던 노래가 지금도 귓가에 아련히 맴돈다.

이 풍진 세상을 만났으니
너의 희망이 무엇이냐
부귀와 영화를 누렸으면 희망이 족할까
……

푸르른 싹을 마음껏 자라게 해 줄 수 없던 시대의 궁핍, 그 속에서 가냘프게 커가는 한 제자를 애잔한 마음으로 지켜볼 수밖에 없던 그 선생님의 따뜻한 사랑이 메아리로 남아 아직도 내 마음속에서 아름다운 선율로 울려 퍼지고 있다.

그 뒤, 내가 사회에 나오는 발판까지 마련해준 선생님은 지금은 교직을 떠나 시골에서 과수원을 경영하며 목회자의 길을 걷고 있다. 쉼 없는 열정으로 시를 써서 시집도 여러 권을 출간했다. 삶이 버거울 때 언제나 용기를 심어 주던 선생님은 내게서 문학의 씨앗을 발견했는지 내게 글을 쓰도록 권했다.

외로움의 그늘에서 늘 마음의 버팀목이 되어주던 선생님이었지만, 결혼 후에는 한 번도 찾아뵙지 못하고 가끔 전화로 안부 인사를 드리는 것으로 그 은덕을 생각할 뿐이다. 그때는 말이 없는 소녀였지만, 지금은 전화를 드릴 때마다 수다스러운 내가 쑥스럽기도 하다.

얼마 전에 선생님께 전화를 드리면서 그 시절 왜 내게 '모가지'라는 별명을 지어줬느냐 여쭈었다. 그랬더니 내가 노천명의 시 「사슴」이 떠오를 만큼 유난히 목이 긴 애잔한 소녀였노라고 말씀했다.

3학년이 되도록 교복을 새로 마련하지 못해 턱없이 작은 옷을 입고 다녔으니 어디 목만 길어 보였을까? 나중에 사회에서 보니 목이 많이 짧아졌더라는 말씀에 한참을 웃었지만, 새삼 나 스스로도 그때의 내 모습이 애처로웠다.

내가 커온 자리마다 고마운 은사들의 사랑이 고여 있기에 내 자식들의 추억에도 한둘쯤 그런 은사가 계시길 원했다. 하지만, 지금은 모든 것이 풍요롭기 때문인지 그런 스승도 제자도 드문 것 같다.

언제든지 떠올리면 고맙고 따뜻하고 아울러 나 자신을 돌아보게 하는 분들. 그런 은사들을 아직 마음에 간직하고 있음이 행복하다. 비록 그분들에게 받은 많은 은혜를 되돌려드리지는 못하지만, 그 보이지 않는 사랑은 늘 내 삶을 바르게 인도하는 지표로 세월을 더할수록 아름다운 그리움으로 영롱하게 채색되어 가고 있다.

백일장, 나의 어머니

　나는 초등학교 4학년 때부터 문예부 활동을 했다. 고등공민학교 때는 2학년 때부터 문예부장을 맡아 교지도 만들었다. 내가 거부감 없이 글 쓰는 일에 재미를 붙인 건 초등학교 3학년 때부터였다. 글을 모르는 어른들이 편지를 가져오면 읽어주고 대신 답장을 썼는데, 지금 돌이켜보면 그때 스토리텔링 실습을 제대로 했다는 생각이 든다.

　고등공민학교 3학년이던 5월, 어머니날을 앞두고 학교에서 '나의 어머니'라는 주제로 백일장을 열었다. 나는 문예부장을 맡을 만큼 글을 제법 잘 쓰는 편이었지만, 백일장 주제가 어머니라는 사실을 알았을 때부터 내 마음은 편치 않았다.

　나에게 엄마의 존재는 항상 부끄러움이었다. 할 수만 있다면 엄마를 남들이 보지 않았으면 싶었다. 초등학교 때도 엄마가 학교에 오는 게 싫었다.

가을마다 운동회가 열릴 때면 엄마도 어쩔 수 없이 학교에 왔다. 그때는 운동회가 마을 잔치였고, 집안에 학교 다니는 아이가 없어도 모든 사람이 운동회에 모여 잔치를 즐겼다. 나는 차마 운동회에까지 엄마를 못 오게 할 수는 없었다. 그러니 엄마를 주제로 글을 쓰고 싶은 마음은 눈곱만큼도 없었다.

백일장은 교실이 아닌 학교 앞산에서 열렸다. 오월의 신록으로 물든 앞산의 나무들은 연초록 새잎이 꽃보다 더 아름다웠다. 앞산에 오르자마자 전교생에게 원고지를 나누어 주었다. 모두들 자기만의 아늑한 장소를 찾아 어머니 생각에 빠져든 듯했다.

나는 외따로 떨어진 바위에 앉았다. 마을이 훤히 내려다보이는 곳이었다. 마을과 마을을 잇는 길들이 논밭 사이를 꼬불꼬불 지나 죽 벋은 신작로로 이어져 있었다.

아득하게 이어진 길을 보면 늘 마음에 슬픔이 너울거렸다. 저 길을 따라 자유롭게 가보고 싶은 마음과 마음대로 갈 수 없는 현실의 굴레가 나를 옭아매는 것 같았다. 산에 나무를 하러 가서도 가로림만을 따라 꼬불꼬불 이어진 신작로들을 망연히 바라보곤 했다.

엄마의 고향 부석면에 우뚝 솟은 도비산도 가깝게 보였다. 엄마를 떠올리니 엄마가 장애인이라고 부끄러워하는 내가 못된 딸이라는 생각이 더 들었다. 엄마의 존재는 나를 이성과 현실 사이에서 늘 갈등하게 했다. 장애인 엄마를 부끄럽게 생각하면 안 된다는 것은 이성일 뿐이었다. 현실은 늘 엄마가 초라하게 보였고, 남이 내 엄마를 아는 것조차 부끄럽고 속이 상했다.

나는 백일장 주제가 엄마라는 말을 들었을 때부터 이미 글을 쓰지 않겠다고 다짐했다. 사실 엄마에 관해 쓰고 싶은 이야기는 너무 많았다. 엄마는 모든 면에서 특별했다. 누구든 자기 엄마가 특별하지 않을 수 없겠지만, 나에게 엄마는 하나에서 열까지 보통 엄마보다 더 가슴이 저리고 아팠다.

내가 엄마를 주제로 글을 쓴다면 원고지 몇 장 가지고는 어림도 없을 것 같았다. 하지만 남 앞에 드러내고 싶지 않은 엄마의 온전치 않은 몸과 가난 때문에 겪는 궁상스러운 이야기들은 떠올리고 싶지도 않았다.

더구나 내 엄마를 모르는 애들이 별로 없다는 사실도 나를 비참하게 만들었다. 선생님들까지 다 아는 장애인인 내 엄마를, 내가 글을 통해 새삼스럽게 또 드러내야 하는 게 창피하고 부끄러웠다.

한 시간쯤 지났을까, 선생님이 다 쓴 사람은 원고를 내고 학교로 돌아가도 좋다고 말했다. 나는 아이들이 거의 다 일어날 즈음 빈 원고지를 그대로 들고 교실로 돌아왔다. 내가 백일장에 글을 내지 않은 걸 아무도 몰랐으면 좋겠다는 생각이 들었다.

다음 날 아침이었다. 문예부 지도를 맡은 2학년 선생님이 내게 물었다.

"네 원고는 어딨어? 아무리 찾아도 없던데."

나는 솔직히 말했다.

"안 냈어요."

"뭐? 안 냈어?"

"네. 안 썼어요."

문예부 선생님의 얼굴이 갑자기 굳었다.

"아예 안 썼다고? 참나. 학교에서 네 글을 가장 궁금해한다는 거 몰라? 게다가 문예부 부장을 맡은 네가 글을 안 썼다는 게 말이 되니?"

나는 할 말이 없었다. 왜 안 썼는지 이유를 말할 수도 없었다. 내 글을 가장 궁금해한다는 말에 안 쓰길 잘했다는 생각도 들었다. 보나 마나 내가 쓴 글을 읽으며 지금보다 더 동정 어린 눈길로 나를 바라볼 것이었다. 나는 야단을 맞으면서도 마음이 홀가분했다.

문예부 선생님에게 들었는지 담임도 나를 불러 야단을 쳤다. 나는 이미 각오한 터라 오히려 담담했다.

그 후 백일장 시상식이 있는 날이었다. 전교생이 운동장에 모였다. 백일장에서 장원으로 뽑힌 애는 2학년 여자 후배였다. 담임은 문예부장까지 하는 네가 후배한테 장원을 빼앗기면 어쩌냐며, 원망스럽다는 듯 나를 나무랐다.

장원으로 뽑힌 2학년 후배가 단상에 올라 자기가 쓴 '나의 어머니'를 읽기 시작했다.

그 후배는 도시에서 살다가 학기 초에 시골로 이사 왔는데, 아버지가 갑자기 사업에 실패하여 어려운 지경에 이르렀다고 했다. 그해 겨울 김장 담글 배추 살 돈도 없어서 자기 엄마와 함께 청과시장에서 시래기를 주워 김장 했다는 내용이었다. 엄마와 함께 시래기를 주우러 갔는데 남들이 쳐다볼까 봐 조마조마했다는 이야기도 있었다. 나는 엄마 생각이 나서 왈칵 눈물이 나왔다.

후배도 자기 글을 읽다가 목이 메어 훌쩍거렸다. 전교생이 전염되듯 여기저기서 눈물을 찍어냈다.

나는 눈물이 원망스러웠다. 내 눈물은 후배의 글에 감동해서가 아니라 엄마 생각에 흐르는 것이었다.

'김장철 배추를 살 돈이 없어 시래기를 주우러 다녔다는 것을 어찌 내 엄마의 기구한 삶에 비유할까.'

양식을 구하기 위해 다리를 절뚝거리며 이 동네 저 동네를 다니는 내 엄마. 나뭇가지 하나라도 더 모으려 불편한 몸으로 산비탈을 헤매는 내 엄마. 추수 끝난 논바닥에서 벼 이삭 주우며 다니는 내 엄마, 어느 누구도 내 엄마보다 더 불쌍한 엄마는 세상에 없을 것 같았다.

나는 가슴 밑바닥에서 솟아오르는 눈물을 참을 수가 없었다. 친구들도 선생님들도 내가 우는 속내를 알지 못하고 후배의 글이 슬퍼서 우는 줄 알 것이었다. 그러나 나는 엄마가 불쌍해서 울었고, 그런 엄마가 창피해서 글짓기도 하지 않은 내 못된 자존심 때문에 더 울었다.

보리밭의 추억

보리밭이 보인다. 누렇게 익은 보리들이 눈앞에 환하게 펼쳐졌다. 보리밭 군데군데 무성한 보리들이 엎어진 것을 보고 짙은 농담이 오간다.

"한 번만 구르지. 대여섯 번은 구른 것 같아."

"그러니까 내가 뭐랬어? 한 번으로 끝내자니까."

말이 끝나자마자 왁자한 웃음들이 봄빛이 무르익은 산과 들을 흔들어댄다. 푸르른 바닷물까지 덩달아 출렁인다.

남해의 섬 청산도를 찾았다. 캐나다 밴쿠버로 이민 갔던 소꿉친구가 오랜만에 와서 그 친구와 함께 떠난 여행길이었다. 얼굴은 주름졌지만, 마음만은 통째로 유년기로 돌리는 여행이었다.

청산도엔 보리밭이 많았다. 보리밭을 볼 때마다 가슴 가득 추억들이 밀려왔다. 당시엔 슬픈 일들뿐이었지만 지금은 아련한 그리움의 추억으로 남았다.

누런 보리밭을 뒤로하고 아버지 상여가 앞산 마루로 떠나갔다. 상여를 따라가며 슬피 울던 엄마가, 아버지를 잃은 슬픔보다 더 창피하게 느껴지던 그때, 난 아홉 살 소녀였다.

한학을 하셨던 아버지는 가난만 남겨놓고 이승을 떠나셨다. 몸이 불편한 엄마에게 남겨진 건 산자락을 일궈 만든 뙈기밭과 철없는 남매뿐이었다. 다랑논 하나 없는 집에서 남의 집 머슴을 사느니 도시로 가서 공장에 다니겠다며 집을 떠난 오빠는 일 년에 한 번이나 얼굴을 볼 수 있었다.

산자락을 일군 보리밭에는 돌도 많고 나무뿌리도 많았다. 봄이 되면 밭을 갈아야 했는데, 남의 집 소를 구걸하다시피 애원하여 우리 밭에 쟁기를 대면 십중팔구는 쟁기 날이 부러졌다. 가난뱅이 집에 동정하는 마음으로 도와주러 왔는데, 난데없이 쟁기 날이 부러지면 우리는 얼마나 난감해했던지. 그러니 그 뙈기밭은 점점 메마를 수밖에 없었다.

앞산에서 뻐꾸기가 울 때쯤이면 우리 집 보리밭은 도레미파솔라시도 피아노 건반을 떠올리게 했다. 집에서 가까운 곳에 있는 보리는 키가 컸지만, 집에서 멀어질수록 키가 작은 보리가 많았다. 키가 큰 보리는 아침마다 비우는 요강의 오줌 맛을 보았기 때문이었다. 굳이 수고하지 않아도 저절로 생기는 요소비료 오줌을 어른이라면 보리밭 골고루 뿌려주었겠지만, 어린 내 손으로 뿌리는 거라 매번 집에서 가까운 곳에 쏟아부었다. 그러니 마당에서 먼 곳에 있는 보리일수록 키가 작았다.

보리 이삭도 집과 가까운 곳에서는 튼실하게 맺혔지만, 산자락 쪽은 난쟁이 키에 보리 알도 많아야 대여섯 개 심지어 두서너 개 맺은 채 그래도 보리라며 꼿꼿하게 서 있었다. 가난한 집 보리밭은 절대 비바람에 엎어지지 않았다. 그만큼 메마르고 키가 작아 바람도 깔보고 지나갔을 것이다.

나와 엄마 둘이서는 다른 집처럼 퇴비를 만들지 못해 골고루 거름을 줄 수 없었으니, 우리 집 보리밭은 볼품없기 짝이 없었다. 키 작고 메마르고 보잘것없는 보리라도 수확할 때는 한 알 한 알이 소중했다.

어느 날 보리를 베어 밭에 그대로 널어두었다. 저녁 무렵 갑자기 후드득후드득 빗방울이 듣기 시작했다. 엄마와 난 바지게를 지고 밭으로 내달렸다. 보리가 젖으면 그대로 이삭이 밭에 쏟아질 것이고, 땅에 닿은 낟알은 금세 싹을 내밀 것이었다. 이삭이 비에 젖기 전에 얼른 거두어들여야 했다.

보리밭으로 달려가 베어놓은 보리를 바지게에 얹었다. 엄마는 다리가 불편해 지게질할 수 없었다. 나 역시 어려서 한 번에 많이 질 수 없어 여러 번 오가며 보릿단을 져 날라 나뭇광에 재었다.

거의 끝나갈 때쯤이었다. 바지게에 수북이 보릿단을 얹자 엄마가 뒤에서 꼬리매(새끼줄)를 힘껏 던졌다. 나는 지게 앞에서 꼬리매를 잡으려고 얼굴을 위로 들었다. 순간 엄마가 던진 꼬리매가 하필 내 눈을 향해 정통으로 날아왔다.

꼬리매로 보릿단이 떨어지지 않게 바지게에 단단히 잡아매고 지게를 지고 일어났다. 그 덕에 보리 알곡을 조금이라도 더 간수하게 되었고, 보리밥이라도 배불리 먹을 수 있었다. 의좋은 형제는 서로에게 더 주려고 볏단을 져 날랐다지만, 나는 보리가 비에 젖지 않게 하려고 한밤중에 엄마와 둘이서 보릿단을 져 날랐다.

문제는 며칠 후였다. 왼쪽 눈이 까끌까끌하기 시작했다. 눈에 뭐가 들어간 줄 알고 자꾸 비비기만 했는데, 사나흘이 지났을까 갑자기 왼쪽 눈이 보이지 않았다.

산간 벽촌이라 의원이 없었다. 삼십 리 길 읍내로 나가야 의원이 있어, 우선은 면사무소 옆에 있는 약방으로 찾아갔다. 그 약방은 지금으로 말하면 종합병원이라 해야 할까. 배가 아파도 가고, 일하다 다쳐도 가고, 약을 지으러도 가는 곳이었다. 간판은 약국이었지만 약사 아저씨는 의사 역할도 척척 해냈다.

약사가 내 눈을 보더니 방으로 들어오라고 했다. 방에 들어가 누웠는데, 약사가 뭔가를 들고 눈을 살짝 건드린 듯한 순간 눈에서 물풍선이 터지듯 뭔가가 퐁퐁 흘러나왔다.

"조금만 늦었으면 큰일 날 뻔했어. 동공에 염증이 번지지 않았으니 망정이지 실명할 뻔했구먼. 이것 봐. 눈에서 꺼낸 보리 꺼럭이야."

약사가 핀셋으로 잡은 보리 꺼럭을 보여주며 내게 말했다.

지금 내 왼쪽 눈이 이렇게 말짱해서 책도 읽고 글도 쓰는 건 순전히 그 약사 겸 의사 아저씨 덕분이다.

고입자격 검정고시

1970년, 여름방학이 시작될 무렵부터 3학년 전체가 2학년 후배들과 함께 고입 검정고시를 준비했다. 시험과목은 네 과목이었는데, 국어와 영어는 필수였다. 나는 수학 대신 과학과 예능 과목에선 미술을 선택했다.

나와 학생들은 전기도 들어오지 않는 흙바닥 교실에서 남포등을 켜놓고 밤까지 공부했다. 나방이 날아들어도, 밤늦게까지 무더위가 식지 않아도 우리는 검정고시 준비에 여념이 없었다.

고입 검정고시 시험 장소는 홍성중학교였다. 홍성은 기차가 서는 곳이니 서산에 비하면 도회지나 마찬가지였다. 우리는 전세버스를 타고 검정고시를 보기 위해 홍성중학교로 출발했다. 버스에 올라타니 수학여행 때와 느낌이 비슷했지만, 우리 머릿속은 시험을 잘 쳐야 한다는 중압감으로 기분이 들뜨거나 설렘 따위 일지 않았다.

오전 아홉 시까지 시험장에 입실해야 해서 전날 오후 늦게 출발했다. 당일 출발하면 늦을지 몰라서였다. 홍성에 도착해 하룻밤 머문 뒤 다음 날 여유 있게 시험장에 들어갔다.

충청도 관내에서 중학교로 정식인가를 받지 못한 고등공민학교 학생들이 나처럼 초조한 마음으로 교실로 들어갔다. 우리 학교에서는 2, 3학년 합해 120명쯤 왔는데, 같은 학교 학생이 되도록 한 교실에 있지 않도록 흩어놓은 듯했다. 내가 시험 치는 교실에는 우리 학교 아이가 한 명도 없었다.

드디어 첫 시간, 국어 시험지를 받아들었다. 내가 좋아하는 과목이라서 그야말로 일사천리로 쓱쓱 풀었다. 내 자리는 뒷줄 맨 끝이었는데, 정신없이 문제를 풀다가 뒤에 누군가 서 있는 느낌이 들어 뒤를 돌아보았다.

젊은 감독 선생님이 내 시험지를 훑어보고 있었다. 나는 순간 조금 긴장되었지만 계속해서 문제를 풀었다. 감독 선생님은 내가 정답을 다 정서할 때까지 내 뒤에서 떠나지 않았다.

다음 시험은 미술, 영어, 그리고 과학으로 이어졌다. 영어와 과학은 좀 어려운 편이었다. 평균 60점 이상을 받아야 했는데, 평균 60점이 넘어도 40점 밑으로 받은 과목이 있으면 과락이 되었다.

무사히 시험을 끝내고 다시 학교생활이 시작되었다. 발표는 두 달 후 각 학교로 통보해 준다고 했다.

2주쯤 지난 어느 날, 학교로 편지 한 통이 날아왔다. 수신인은 나였고, 발신자는 홍성중학교로 되어 있었다.

편지를 받은 담임은 그 편지를 받자마자 수상쩍게 생각하고 교무실로 나를 불렀다. 담임은 내가 홍성에서 하룻밤 묵는 동안, 혹여 그 편지 주인공과 무슨 일이라도 있었나 싶은지 범인을 신문하듯 내게 물었다.

"너 이게 누구야?"

'홍성중학교 박형양.'

나는 도무지 모르는 이름이었다. 홍성중학교에는 고입 검정고시 시험을 치러 갔을 뿐 그곳에 아는 사람이 있을 리 없었다.

"모르는 이름인데요."

"정말이야?"

"네, 정말이에요."

나도 의심받는 게 기분이 나빠 까칠하게 대답했다.

"자, 그럼 이 편지 우리가 보는 앞에서 뜯어 읽어 봐."

나는 긴장한 채 편지를 읽었다.

난 홍성중학교에서 시험 감독을 하던 국어 선생이에요. 문영숙 양이 국어 시험을 칠 때 뒤에서 지켜보았답니다. 예쁘고 무척 똑똑한 학생이구나 싶어서 관심을 갖고 점수를 확인했어요. 물론 아직 정식 발표날짜는 많이 남았지만, 기쁜 소식을 빨리 알려주고 싶어서 이렇게 편지를 보냅니다.

문영숙 양은 이번 고입 검정고시에서 전 과목 모두 합격했어요. 전체 고입 검정고시 응시생이 970명인데, 그중에서 전 과목 합격자가 17명이 나왔어요. 그중에서도 문영숙 양은 아주 좋은 성적으로 합격했습니다. 각 과목 점수도 알려줄게요. 축하해요. *(이하 생략)*

교무실에 있던 선생님들이 편지를 읽자마자 박수를 치며 환호했다.

나는 얼떨떨했다. 국어는 만점이었다. 영어와 과학은 80점을 조금 넘겼고 미술도 한 개밖에 틀리지 않아 평균 점수보다 상당히 높은 점수로 통과되었다.

모두가 기뻐하는데, 담임만 내 눈을 똑바로 바라보며 다짐을 받았다.

"너 정말 이 사람, 모르는 사람이야?"

"몰라요. 국어시험 볼 때 내 뒤에 있던 감독이라고 쓰여 있잖아요."

"정말 아무 일 없었지?"

"네!"

그 편지를 받고 나서 나는 발표 전에 전 과목 합격자라는 걸 알게 되었다. 그로부터 한 달 후 정식으로 시험결과를 통보받았는데, 우리 학교에서 전 과목 합격자는 나 하나뿐이었다.

그날부터 나는 선생님들의 동정 어린 측은한 시선을 한 몸에 받아야 했다. 전 과목 합격은 고등학교에 진학할 때만 필요한 자격증이었다. 그러나 나에겐 그 합격통지서가 아무짝에도 쓸모가 없었다. 나보다 선생님들이 더 안타까워 나와 엄마를 졸랐다. 그러나 조른다고 어찌할 방법이 없었다.

그러던 어느 날 밤이었다. 밖에서 갑자기 떠들썩한 말소리가 들렸다. 시골은 밤이 되면 정적에 싸여 작은 소리도 크게 들렸다. 여럿이 술에 취해 떠드는 소리가 산자락을 시끌벅적하게 울렸다. 윗마을에 사는 아저씨들이 아랫말에 갔다가 거나하게 취해서 유막골 고개를 넘어가고 있나 보다 생각했다. 그런데 점점 소리가 가까워졌다.

'이 밤중에 어떤 사람들이 이 외진 길로 오고 있을까.'

우리 집 뒤로는 신작로를 가로지르는 고갯길이 있었는데, 초등학교로 가는 지름길이었다. 그 길은 인가도 없는 산길이라 밤에 다니기엔 으슥한 길이었다. 대부분 학교 가는 아이들이 큰길로 가면 돌아가야 했기 때문에 지름길인 우리 집 뒷길로 학교를 오갔다. 그런데 밤중에 학생들도 아닌 웬 어른들이 와자지껄 떠들며 그 길로 오는 건지 궁금했다.

와자한 소리에 귀를 기울이던 나는 순간 깜짝 놀랐다. 아주 귀에 익은 목소리들이었다. 한두 사람이 아닌데도 잘 아는 목소리들이었다. 내가 다니는 고등공민학교 선생님들이었다. 나는 바짝 긴장되었다.

'선생님들은 모두 십 리도 더 떨어진 대문다리에 사는데, 이 밤

중에 웬일로 이 길로 오는 걸까. 분명히 어딜 다녀오는 모양인데, 큰길을 놔두고 왜 하필 우리 집 뒤 고샅길로 오는 걸까. 혹시 우리 집을 알고 있는 걸까.'

나는 제발 우리 집인 줄 모른 채 그냥 지나가기를 속으로 빌었다, 마음이 조마조마했다.

"계십니까?"

분명히 담임 목소리였다. 나는 어쩔 줄을 몰랐다.

"영숙아, 문 좀 열어, 나야!"

나는 숨고 싶었지만 할 수 없이 문을 열었다.

"서, 선생님 웬일이세요?"

"야, 우릴 밖에 세워 둘 작정이냐?"

담임이 문을 밀치고 방 안으로 들어왔다. 술 냄새가 확 풍겼다. 선생님들 전체가 어딜 다녀오는 모양이었다. 나는 이불자락을 밀고 엉거주춤 앉았다. 선생님들 모두 술에 취해서 예의도 체면치레도 차리지 않았다.

담임이 엄마에게 먼저 입을 열었다.

"어머님, 잔칫집에 갔다가 한잔 걸쳤습니다. 양해해 주세요. 오늘 우리가 이렇게 찾아뵌 것은요. 저 녀석을 이대로 썩힐 수가 없어서예요. 저 자식이 공부를 여간 잘하는 게 아니에요. 이대로 주저앉히면 안 됩니다. 어떻게든 고등학교에 보내야 해요. 그러니 어머니가 무슨 방법을 강구해보세요. 우리가 오죽 답답하면 이 밤중에 이렇게 무례를 범하면서 찾아왔겠습니까. 어떻게든 저 녀석의 앞길을 열어 줘야 합니다."

담임 입에선 술 냄새가 풀풀 풍겼다.

"글쎄. 어쩔 도리가 없네유. 참, 보낼 수만 있으면 좋지만서두, 이렇게 보시다시피 사는 게 형편없고, 게다가 내가 이렇게 모자란 사람이니, 뭐라고 말씀을 드려야 할지….."

담임이 엄마 말이 끝나기도 전에 다시 말했다.

"어머님, 쟤는 보통 애가 아니에요. 이번 검정고시도 저 녀석만 전 과목 합격했어요. 그러니 그걸 썩히면 안 됩니다. 어떻게든 방법을 찾아보세요. 이렇게 부탁드리려고 야밤에 찾아왔습니다. 학비를 내지 않아도 갈 수 있는 고등학교가 있어요. 다만 그게 저, 기숙사에 들어가야 하는데 어머님이 문제입니다. 그게 저희도 걸리는데요. 어머님, 저 녀석 없이 살 방법을 좀 찾아보세요. 나라에서 공짜로 공부를 시켜주는 학교가 있는데, 어머님만 혼자 지내실 수 있으면…. 저, 하여튼 아셨지요? 저흰 이만 물러갑니다. 밤 늦게 불쑥 찾아와서 죄송합니다."

밖에서 다른 반 선생님들이 웅성거리는 소리가 들렸다. 담임이 밖에 있는 선생님들 눈치가 보이는지 비틀거리며 일어났다.

나도 담임을 따라 밖으로 나왔다. 담임이 내 어깨를 툭툭 치며 말했다.

"야, 이 녀석아, 아이고, 어쩌면 좋으냐? 응?"

나도 모르게 가슴이 울컥했다. 담임이 밖에 서 있는 선생님들을 재촉했다.

"어서 갑시다."

선생님들이 비틀거리며 고샅길을 내려갔다. 나도 뒤를 따라나섰다.

"들어가라! 내일 보자. 좋은 소식 가지고 와라. 응!"

담임이 나에게 그만 들어가라고 말했다. 그래도 나는 아랫집 마당까지 선생님들의 뒤를 따라갔다. 담임이 또 내게 말했다.

"어서 들어가라니까. 밤이 늦었어."

담임에게 인사하고 달빛에 멀어져 가는 선생님들을 바라보는데, 눈에 눈물이 어려 달무리가 진 것처럼 보였다.

'나는 왜 찢어지게 가난한 집에서 태어났을까. 기숙학교에 가라고? 그럼 엄마는 어떻게 하라고.'

그날 난 그대로 방으로 들어가기가 싫었다. 초라하기 그지없는 엄마를 마주 대하기도 싫었다.

'선생님들은 왜 하필 밤에 와서 거지처럼 사는 내 꼴을 고스란히 내보이게 했을까.'

초겨울 달이 더 을씨년스럽게 나를 지켜보고 있었다.

'앞으로 나는 어떻게 될까. 이제 학교를 졸업하고 나면 앞으로 어떻게 살아야 할까. 이대로 엄마와 산속 산토끼처럼 나무하고 물 긷고 그렇게 사는 게 삶의 전부일까.'

생각할수록 가슴이 점점 답답해졌다. 이제 선생님들은 아주 멀어졌는지 떠드는 소리도 들리지 않았다. 창호지 틈새로 새어 나오는 불빛이 그날따라 희미하게 가물거렸다.

문을 열고 방에 들어가니 엄마가 푸념처럼 말했다.

"소도 언덕이 있어야 비빈다는데 아휴, 참 어찌해야 할지."

엄마가 내 일로 걱정하는 걸 보며 나는 더 속이 상했다.

다음날 좋은 소식을 가져오라던 담임에게 나는 아무 말도 하지 않았다. 담임이 또 무슨 말을 할까 봐 눈도 맞추지 않았다.

얼마 후 2학기 기말시험을 하루 앞둔 날이었다. 담임이 교무실로 나를 불렀다. 담임이 한밤중에 우리 집에 다녀간 후로 나는 담임과 마주치는 게 싫었다.

'왜 또 오라는 걸까.'

교무실에 들어가는 게 영 내키지 않았다. 교무실 문을 열고 들어가니 담임 혼자 있었다. 쭈뼛거리는 나를 보더니 어서 오라고 반갑게 말했다.

"오빠가 어디 있다고 했지?"

'왜 갑자기 오빠를 찾을까.'

나는 잠시 머뭇거리다가 대답했다.

"경기도 안양에 있어요."

담임이 다시 말했다.

"오빠에게 다녀와라. 오빠한테 엄마를 모셔가라고 부탁해 봐. 널 그냥 내버려 둘 수가 없어. 이대로 주저앉아서는 안 돼. 어떻게든 고등학교에 가야 해. 널 당장 오빠한테 갔다 와."

다음날 시험을 치러야 하는데, 이게 무슨 말인가 싶었다.

"기말시험은 어떻게 하고요?"

내 물음에 담임이 고개를 저었다.

"야, 너한테는 지금 기말시험이 문제가 아니야. 어렵게 딴 고입 자격증을 버릴 셈이냐? 오빠한테 꼭 엄마를 모셔가라고 해. 알았지?"

담임은 또 명령하듯 말했다.

'오빠에게 다녀오라니.'

오빠에겐 이런 사정을 편지로 알리지도 않았다. 오빠를 찾아가서 엄마를 모셔가라니, 말도 안 되는 소리였다. 나는 어리둥절한 채 교무실에 서 있었다.

"어서 집에 가서 엄마에게 말씀드리고 오빠한테 다녀와. 내일 당장 갔다 와. 시간이 별로 없어."

담임이 자리에서 일어나며 나를 재촉했다.

오빠는 그 당시 안양에 있는 유리병 만드는 공장에 다니고 있었다. 용광로에 녹인 유리 물을 대롱에 찍어서 입으로 불어 병을 만든다고 했다. 나는 오빠가 객지에 있어도 한 번도 오빠를 찾아간다는 생각을 한 적이 없었는데, 갑자기 오빠를 찾아가라니 어떻게 해야 할지 판단이 서지 않았다. 전화도 없고 오로지 편지로만 연락하던 시절이었다.

오빠

담임에게 등을 떠밀리다시피 해서 난생처음으로 먼 길을 나섰다. 아침 일찍 서산 읍내에 가서 서울행 버스에 올랐다.

'오빠가 엄마를 모셔 가면 내가 엄마와 헤어져 고등학교에 갈수 있을까.'

담임은 오로지 엄마 때문에 내가 기숙학교에 갈 수 없다는 것만 안타까워했다. 그러나 정작 나는 오빠가 어떻게 살고 있을까가 더 궁금했다. 돈은 제대로 버는지, 어떤 집에서 살고 있는지, 엄마를 정말 모셔갈 수 있는지 모든 게 궁금했다.

서산에서 서울행 버스를 타고 나니 드디어 혼자서 서울이란 데를 가보는구나 싶었다. 안양은 서울 바로 아래 있는 도시라고 했다. 전화도 없으니 주소만 갖고 혼자 찾아가는 길이라 불안하기도 했다.

버스는 달리고 또 달려 서울로 향했다. 차창에 비치는 풍경들은 내 마음처럼 을씨년스러웠다. 가을걷이가 끝난 빈 들녘도 꼭 내 마음처럼 허허로웠다.

아침 일찍 집을 나섰는데, 점심때가 지나서야 안양역에 내렸다. 오빠가 보낸 편지 겉봉 주소를 들고 춘부라는 마을을 찾아가는데, 몹시 불안하고 별별 생각이 다 들었다.

'혹시 오빠를 못 만나면 어떻게 하나. 오빠가 그동안 다른 곳으로 옮겼으면 어쩌나.'

시내버스를 타고 복잡한 시가지를 벗어나자 높은 굴뚝이 우뚝우뚝 솟은 큰 공장들이 보였다. 얼마쯤 가니 꼬불꼬불한 길이 이어졌다. 도로 폭도 시내보다 훨씬 좁았다.

나는 박달동이란 마을을 지나칠까 봐 신경을 곤추세우고 두리번거렸다. 차장 아가씨 말을 잘못 알아들어 내가 내려야 할 곳을 지나칠까 봐 차장 바로 옆에서 두 귀를 쫑긋 세웠다.

드디어 차장 입에서 박달동이란 말이 나왔다. 특유한 억양 때문에 언뜻 엉뚱한 이름처럼 들렸다. 차장에게 다시 확인하고 박달동이란 곳에서 내렸다.

왼편엔 산이 우뚝 솟아 있고 오른편엔 큰 공장과 높은 굴뚝이 보였다. 골목이 여러 개이어서 어느 골목길로 가야 할지 알 수가 없었다. 길가에 있는 가게에 들어가 아주머니에게 춘부라는 마을을 물었다. 가겟집 아주머니가 나를 아래위로 훑어보더니 두 번째 골목으로 내려가면 다리가 나오는데 그 다리를 건너 둑길을 따라가면 길 아랫마을이 춘부라고 알려주었다.

골목길에 다닥다닥 붙은 집들을 지나쳐 얼마쯤 걸으니 정말 다리가 보였다. 다리를 건너는 데 악취가 심했다. 개천에는 쓰레기가 널려 있고 물이 제대로 흐르지 못해 가장자리에는 시퍼런 이끼가 뭉텅이 뭉텅이 끼어 있었다. 비닐 조각과 깡통, 플라스틱, 종이 등이 개천 어귀에 어지럽게 엉겨 있었다. 공장에서 뿜어 나오는 연기에서도 이상한 냄새가 코로 훅 들어왔다. 개천에서 나는 냄새와 굴뚝에서 나는 냄새가 합쳐져 숨쉬기도 어려울 정도였다.

개천을 따라 둑길이 이어졌는데, 개천 양쪽으로는 비닐하우스가 즐비했다. 집이 하나도 보이지 않아 혹시 잘못 온 게 아닌가 두리번거릴 때였다. 비닐하우스가 끝나는 지점에 큰 집 몇 채가 보였다.

춘부는 시골 마을처럼 한산했다. 안양 시내에 비하면 변두리인 셈이었다. 오빠가 사는 집은 제법 넓었는데 안채는 대문 안에 따로 있고 바깥에 입 구 자 모양으로 빙 둘러가며 똑같은 문이 달려 있었다. 각각 방 하나에 부엌 하나인 셋방들이었다. 모든 방문 옆에 똑같이 생긴 굴뚝이 말뚝처럼 꽂혀 있었다.

나는 쭈뼛거리다 열려 있는 대문 안으로 들어갔다. 안마당에서 젊은 여자가 나를 보며 누구냐고 물었다. 오빠 이름을 대며 여기 사는 게 맞느냐고 물었더니, 여자가 나를 유심히 살피며 어떤 관계냐고 했다. 오빠라고 하자 그제야 고개를 끄덕이며 대문 밖으로 나오더니 앞서 걸어가면서 내게 따라오라고 했다. 담을 끼고 왼쪽으로 돌아가니 일자로 된 방들이 나란히 있었다. 문을 열고 들어가면 바로 부엌이고 부엌에서 방으로 들어가게 되어 있었다. 맨 끝에 있는 방이 오빠가 사는 방이라고 알려 주었다.

낮이라 당연히 오빠가 공장에 나가서 방이 비어 있을 줄 알았는데, 주인 여자가 안에 대고 '새댁!' 하고 불렀다. 나는 순간 주인 여자가 잘못 알려준 줄 알았다.

그런데 문이 열리더니 안에서 여자가 나왔다. 나는 깜짝 놀랐다. 뜻밖에도 고향에서 수양 언니로 삼아 알고 지내던 지금의 올케언니였다. 언니도 나를 보고 깜짝 놀라고 나도 언니를 보고 깜짝 놀랐다. 나는 입이 딱 붙은 듯 다음 말이 나오지 않았다.

"어! 언니?"

"어! 웬일이야? 어떻게 왔어?"

언니도 어리둥절한 채 서 있었다. 주인 여자가 우리 둘을 번갈아 바라보며 서로 모르는 사이냐고 물었다. 언니도 나도 고개만 저었다. 주인 여자가 자기 임무는 끝났다는 듯이 서둘러 안채로 사라졌다.

언니가 방으로 들어오라며 먼저 들어갔다. 방 안에는 구석에 개어놓은 이불과 앉은뱅이책상, 그리고 비닐로 된 옷장이 있었고, 벽에는 언니와 오빠 잠옷이 걸려 있었다. 조촐한 살림살이가 소꿉장난처럼 보였다.

언니는 긴 월남치마를 입고 있었는데, 배가 유난히 뚱뚱해 보였다.

'시골에서 언니를 만났던 때가 몇 달 전이었는데, 언제 여기로 왔을까. 왜 오빠와 함께 있는 걸까. 도대체 어찌 된 일일까.'

나는 앉지도 못하고 머뭇거렸다. 언니도 얼굴이 빨개져서 허둥거렸다. 둘 사이가 무척 궁금한데도 짧은 질문밖에 나오지 않았다.

"언니, 언제 왔어?"

나는 언니가 잠깐 다니러 왔다는 생각으로 물었다.

"지난봄에. 3월에 왔어."

언니가 짧게 대답했다. 생각해보니 겨울방학이 끝난 후부터 언니를 본 적이 없었다. 3월이라니. 그때부터 언니와 오빠가 함께 살았다면 거의 여덟 달 동안 동거했다는 말이었다. 오빠와 언니가 연애했다는 사실을 전혀 몰랐던 나는 무의식적으로 자꾸만 언니의 배에 눈길이 갔다. 그제야 뚱뚱한 게 아니라 임신했다는 걸 알 수 있었다. 나와 엄마는 상상조차 해보지 못한 일이었다.

순간 오빠에게 배신감이 들었다. 언니가 싫어서가 아니라, 어떻게 엄마와 나에게 말 한마디 없이 언니와 동거하고 있었을까 싶었다.

언니도 내 눈치를 보며 당혹스러워하는 것 같았다.

'언니와 오빠는 언제부터 사귄 걸까. 언니가 나에게 수양 동생을 삼자고 했을 때, 혹시 그때부터 오빠를 염두에 둔 건 아닐까.'

오빠가 수양 언니와 살림을 차리고 이렇게 사는 줄도 모르고, 엄마는 오빠가 밥이나 제대로 먹는지, 따뜻한 방에서 잠이나 제대로 자는지 늘 걱정했다.

　오빠와 나 사이가 아주 멀어진 듯한 기분이 들었다.

　'오빠는 나를 보고 뭐라고 할까. 이런 오빠에게 고등학교에 가야 겠으니 엄마를 부탁한다는 말을 해야 하다니.'

　나는 고개를 저었다. 담임에게 등 떠밀려 오긴 했지만, 이런 사실도 모르고 온 내가 한심했다.

　오빠의 퇴근 시간이 가까워져 오자 언니가 나보다 더 초조해하는 것 같았다. 나도 언니와 둘이 마주 보고 있기가 여간 거북하지 않았다. 수양 언니로만 알고 대할 때는 참 좋다고 느꼈는데, 이상한 일이었다.

　언니가 연탄불에 밥하고 찌개 끓일 동안 나는 구경꾼처럼 바라보기만 했다. 연탄을 본 것도 그때가 처음이었다. 나무 때는 것만 알았던 나는 구멍이 숭숭 뚫린 연탄으로 방을 덥히고 밥도 하는 것이 신기하기만 했다.

　가로등이 하나둘씩 켜지고 비닐하우스가 저녁 바람에 잔물결처럼 흔들릴 즈음, 오빠가 공장에서 돌아왔다. 오빠가 나를 보자마자 놀라 물었다.

　"어! 어떻게 왔니?"

　오빠의 물음이 반가움보다는 놀람이라고 느끼는 순간, 괜히 왔다는 생각이 들었다. 결석까지 하고 온 이유가 분명 있을 테니 오빠도 언니도 그게 뭔지 궁금해했다.

나는 저녁을 먹고 난 후에야 망설이다 오빠에게 말을 꺼냈다.

"선생님들이 오빠한테 다녀오라고 했어. 고등학교에 가야 한다고. 기숙사에 들어가서 무료로 공부할 수 있는 학교가 있다고. 그래서 엄마를 오빠가….."

내 말을 듣는 오빠의 얼굴이 점점 굳어지는 걸 느끼며 나는 말끝을 흐렸다.

"오빠가 언니랑 이렇게 사는 줄 알았으면 안 왔을 거야."

내 말에 언니도 오빠도 입을 열지 않았다. 나는 얼른 무거운 분위기에서 벗어나고 싶었다.

"아기는 언제 낳는 거야?"

올케언니가 내 눈길을 피하며 말했다.

"내년 봄쯤."

난 그냥 고개만 끄덕였다. 비좁은 방에 아기까지 생기면 엄마가 있을 만한 곳이 없었다. 엄마 잠자리도 편치 않을 테고 낯선 도시 생활에 숨이 막힐 게 뻔했다.

나는 오빠에게 엄마를 모셔가라고 말할 처지도 못 되었다. 초등학교 문턱도 넘지 못한 오빠에게 고등학교에 가야 하니 엄마를 맡으라고 하기에는 너무 염치가 없었다.

오빠는 한참 동안 머뭇거리다가 입을 열었다.

"보다시피 머지않아 네 조카가 태어날 거야. 너도 졸업하고 바로 여기로 와. 넌 직장에 다니면서 야간학교라도 진학할 수 있게 차차 생각해보자. 시골에 땅이 있냐, 돈이 있냐. 거기서 살 이유가 하나도 없어. 졸업하면 바로 올라올 생각하고 어서 내려가서 학교나 마쳐."

더 이상 나도 오빠도 언니도 할 말이 없었다.

나는 하룻밤을 보내고 이튿날 바로 안양역으로 가서 집에 가는 버스에 올랐다. 사실 내가 고등학교에 가고 싶어 안달이 나서 오빠를 찾았던 게 아니었다. 엄두도 나지 않았는데, 선생님들이 떠밀어서 오빠에게 간 것이었다.

달리는 버스에서 차창 밖을 바라보는 내 기분이 갈 때와는 아주 달랐다. 나는 그때 차분하게 내 처지를 긍정했다. 고등학교 진학을 꿈꾼다는 것이 지나친 욕심이라고 생각하니 마음이 오히려 편했다.

서로의 버팀목

엄마가 할 수 없는 일 중에는 샘물에 가서 먹을 물을 길어오는 일도 있었다. 유막골에 사는 다섯 가구가 먹는 샘물은 윗말 고개를 오르기 바로 전 움푹 팬 골짜기에 있었다. 샘 밑바닥에서 물이 퐁퐁 솟았는데, 그 샘물이 아래로 흘러 다랑논을 적시며 바다로 흘러들었다.

샘까지 가는 길은 꼬불꼬불한 고샅처럼 좁고 험했다. 집 마당을 나서서 뙈기밭 밭둑을 지나면 돌보는 사람이 없어 소나무와 풀이 거칠게 자란 무연고 묘 앞으로 길이 나 있었다. 그 묘 앞이 우리 집과 우물까지의 거리 절반쯤 되는 곳이었다. 물지게에 물을 담아올 때면 늘 그곳에서 한 번은 쉬어야 했다.

그 묘를 지나면 이웃집 새댁네였다. 새댁네 마당 아래 채마밭을 지나 좁고 깊은 개울을 건너야 했는데, 개울로 내려가는 비탈길이 가팔랐다. 특히 눈비가 오는 날은 비탈의 흙이 물러져 여간 미끄럽지 않았다. 개울은 꽤 깊었는데 양쪽에 통나무 대여섯 개를 새끼줄로 얼기설기 엮어서 걸쳐놓고 다리 삼아 건너다녔다. 물을 길으러 다니는 길 중에서 그 개울을 가로지른 나무다리를 건널 때가 가장 위험했다. 그 나무다리를 건너면 다랑논이 층층이 이어졌다. 맨 위에 있는 다랑논 바로 시작 부분에 샘이 있었다.

물지게를 질 수 없는 엄마는 양동이에 물을 담아 한 손으로 들고 날랐다. 여자들은 머리에 똬리를 괴고 동이로 물을 길어오기도 했지만, 엄마 혼자서는 물동이를 머리에 일 수도 내릴 수도 없었다.

아버지가 살아계실 때는 아버지가 물을 길었고, 오빠가 집에 있을 때는 오빠가 물지게를 졌다. 아버지가 돌아가시고 난 다음 해, 오빠가 집을 떠나자 물지게는 내 몫이 되었다.

그때 나는 초등학교 2학년이었다. 물지게를 처음 졌을 때는 균형을 맞추지 못해 비틀거리며 걸었다. 물통의 물도 출렁거리며 다 흘러넘치기 일쑤였다. 반 초롱을 지고도 세 번은 쉬어야 집까지 올 수 있었다.

나는 초롱과 몸이 하나가 되는 법을 자연스럽게 익혔다. 처음에는 물통 밑바닥을 겨우 가릴 만큼 져 날랐고, 얼마 후부터는 반 통씩 질 수 있었다.

초등학교 3학년이 되던 이른 봄이었다. 그날은 마파람이 심하게 불었다. 동네에서 가장 꼭대기에 있던 우리 집은 마파람을 정면으로 맞았다. 초저녁에 방을 덥히느라 생솔가지를 땠는데, 방구들에 미처 떼어내지 못한 그을음에 불이 붙었다. 굴뚝으로 시뻘건 불길이 마구 치솟았다. 초가지붕이라서 불길이 금세 지붕에 옮겨붙을 것 같았다.

방구들은 1년에 한 번씩 청소해줘야 했다. 그 청소를 구두질이라 했다. 방을 덥히려고 생솔가지를 때면 수증기를 머금은 검은 연기가 구들을 통과하면서 방구들에 그을음 기둥이 고드름처럼 주렁주렁 매달렸다. 구두질은 그 그을음 기둥을 떼어내는 것이었다. 긴 바지랑대 끝에 짚을 둘둘 말아 방고래에 넣고 앞뒤로 당겼다 밀기를 반복하면 그을음들이 떨어져 나왔다. 그러나 우리 집은 오빠도 없어 그 해 구두질을 하지 못했다.

그때 오빠는 객지에 있다가 잠시 집에 돌아와 있었다. 엄마와 나는 불이 난 줄도 모르고 방에 있었는데, 오빠 친구가 놀러 오다가 굴뚝에서 시뻘겋게 뿜어 나오는 불길을 발견한 것이다.

불길은 더욱 더 거세졌다. 나와 엄마, 오빠와 오빠 친구까지 넷이서 아궁이에 물을 쏟아부었다. 그런데 아무리 물을 부어도 불길이 잦아들기는커녕, 더욱더 거세게 굴뚝으로 불꽃을 뿜어냈다. 굴뚝으로 치솟는 불길을 막으려 멍석에 물을 적셔 굴뚝을 덮었다. 그러나 치솟는 불길이 얼마나 센지 불붙은 멍석이 집 뒤 밭으로 훌쩍 날아가 버렸다.

오빠는 지붕에 불이 붙을까 봐 물을 길어다 지붕에 물을 끼얹었다. 아궁이에도 물을 계속 부었다. 하지만 방구들에 매달린 그을음 기둥엔 물이 닿지 않았다. 물독 물이 금세 바닥을 드러냈다.

나는 물지게를 지고 샘으로 뛰어갔다. 물 초롱에 가득 물을 담고 벌떡 일어났다. 한 번도 안 쉬고 집까지 뛰어도 숨이 차지 않았다. 힘이 생겨 펄펄 날았다. 그렇게 몇 번이나 물을 져 날랐다. 보통 때 같으면 어림없는 일이었다.

결국 물로 불을 끄지 못하고 아궁이를 흙으로 막은 다음에야 불이 꺼졌다. 오빠도 경험이 없어 물로만 불을 끄는 줄 알았는데, 나중에 달려온 동네 아저씨가 공기가 들어갈 수 없게 아궁이를 막으라고 했다. 오빠가 텃밭 흙을 개서 아궁이를 막자 불길이 저절로 잡혔다.

다음 날이 되자 나는 예전처럼 물을 반 초롱밖에 지지 못했다. 어떻게 한 번도 쉬지 않고 한 통 가득, 그것도 여러 번 물지게를 지어 나른 건지, 초인적인 힘이 그럴 때 발휘된다는 걸 경험했다.

엄마는 극성스러울 정도로 부지런했다. 아침마다 새 물을 길어다 밥을 해야 직성이 풀렸다. 엄마는 밥물 정도는 길어올 수 있었지만, 물독을 채울 물까지는 길어올 수 없었다. 그래서 물독에 물이 떨어질까 봐 늘 걱정했다.

내가 고등공민학교에 다닐 때는 아침에 일어나자마자 물을 길어다 물통을 채우고 학교에 갔다. 그러나 그때는 아침잠이 꿀보다 더 달았다. 5분만 더 자면 소원이 없을 것 같았다. 특히 따뜻한 이불에서 나오기가 싫어 1분만 더, 1분만 더 노래를 불렀다. 그럴 때 엄마가 물을 길어오라고 깨우면 나는 엄마한테 성질을 버럭버럭 냈다.

"알아서 할 거니까 제발 깨우지 좀 말아요!"

일어나는 대로 하려고 했던 일인데, 엄마가 시키면 왜 그렇게 화가 나는지 알 수 없었다. 화를 내다보니 더 자주 더 심하게 내게 되었다. 어떤 날은 하려고 했는데 엄마가 시켜서 안 한다며 어처구니없는 으름장까지 놓았다. 엄마는 점점 나를 어려워했다.

'그때가 뭐든지 반항하고 싶었던 사춘기였을까.'

나는 엄마가 부지런한 것도 싫었다. 엄마는 대보름날 새벽이면 동네에서 가장 먼저 물을 길어다 밥을 했다. 해마다 같은 우물 물을 먹는 동네 아주머니들이 엄마를 이기려고 내기를 할 때도 있었다. 찢어지게 가난한 살림살이에 식구도 둘밖에 없는데, 엄마가 너무 유난스러운 게 싫었다.

고등공민학교 2학년 때였다. 토요일 아침이었는데, 전날 밤 숙제를 다 끝내지 못하고 그대로 자 버려서 허겁지겁 남은 숙제를 할 때였다. 부엌에서 밥을 짓던 엄마가 방문 앞에 와서 조심조심 말했다.

"일어났니? 힘들어도 어떡하냐? 물 좀…."

나는 엄마 말이 채 끝나기도 전에 버럭 소리부터 질렀다.

"아, 정말. 또 잔소리. 제발 그냥 기다려주면 안 돼요? 알아서 한다는데 왜 날 못 믿어요? 한 번만이라도 그냥 기다리면 안 되냐고요."

엄마가 얼른 부엌으로 들어가면서 말했다.

"나도 미안해서 그렇지. 그래, 알았다. 다신 보채지 않으마."

그날따라 엄마가 미안하다고 하는 말이 너무 싫었다.

화를 내느라 숙제도 다 끝내지 못하고 밥도 먹지 않고 학교로 가면서 엄마에게 명령하듯 말했다.

"오늘 토요일이니까 일찍 와서 물 길어다 놓을게요. 걱정하지 말아요."

엄마는 물 얘기는 하지도 않고 내가 밥도 먹지 못하고 가는 것만 걱정했다.

그날 학교에서 돌아올 때였다. 신작로를 벗어나 막 동네 어귀로 들어서는데 점방 아줌마가 나를 불러 세웠다.

"야야, 너 왜 이제야 오니? 네 엄마 눈이 빠졌다. 어서 학교 앞 의원 집에 가 봐."

"예? 엄마 눈이 왜요?"

"아이고, 글쎄 물을 길어오다가 개골창에 곤두박질쳤어. 한쪽 눈이 나뭇가지에 찔려서 피가 철철 났지. 아유, 끔찍하더라. 양조장 집 아저씨가 자전거에 태워서 의원 집으로 가긴 했는데, 아마도 눈알이 빠진 거 같아. 어서 가 봐."

나는 책가방을 점방 집에 던져놓고 초등학교 바로 아래 있는 의원 집까지 바람처럼 뛰어갔다.

'나 때문이야. 아침에 물을 길어 놔야 하는데 어떡하지?'

나는 아침에 화를 낸 게 후회되었다. 제대로 쓰지 못하는 왼손과 왼 다리도 부족해서, 눈까지 다쳤으니 엄마가 이제 장님까지 될까 봐 겁이 났다.

학교에서 일찍 돌아와서 물을 긷는다고 얘기했는데, 고새를 못 참고 사고를 당한 엄마가 원망스럽기도 했다. 숨이 턱에 차도록 뛰어도 마음은 더 급했다. 보통 때보다 의원 집이 너무 멀게 느껴졌다.

집에서 초등학교까지는 오 리쯤 되었다. 고개를 넘기 전까지는 계속 오르막길이었다. 간신히 고개를 넘어 내리막으로 내달리는데 양조장 집 아저씨가 짐자전거에 엄마를 태우고 고개를 올라오고 있었다.

엄마는 머리에 붕대를 친친 감아서 오른쪽 눈만 빼꼼하게 보였다. 엄마를 보자마자 울음이 터져 나왔다.

"엄마!"

엄마는 자전거에서 떨어질까 봐 한 손으로 자전거 짐받이 받침대를 잡고 어지럽다고 했다. 양조장 집 아저씨가 자전거를 천천히 끌면서 말했다.

"하마터면 큰일 날 뻔했어. 눈알이 찔리지 않은 게 다행이야. 눈까풀이 많이 찢어져서 간신히 꿰맸단다. 피를 너무 많이 쏟았으니 영양보충을 잘해야 하는데, 잘 먹고 조리를 잘해야 해. 꿰맨 상처가 덧나면 큰일이다."

나는 다른 말은 하나도 안 들리고 눈알이 괜찮다는 말만 들렸다. 얼마나 피를 쏟았는지 엄마 옷이 온통 피투성이였다.

엄마는 내가 안쓰러워서 양동이로 물을 조금씩 길어 날랐다고 했다. 그날만은 내 손을 안 빌리고 물독을 가득 채우고 싶었다고 했다. 마지막으로 물을 길어오다가 개울에 걸쳐놓은 나무다리를 건너는 순간 발을 헛디뎌 개울 바닥으로 곤두박질친 것이었다. 바닥이 흙이었으니 망정이지 돌에 부딪혔으면 엄마는 그 자리에서 돌아가셨을 거라고 양조장 집 아저씨가 혀를 쯧쯧 찼다. 넘어지면서 나무다리에 비어져 나온 나뭇가지에 눈꺼풀이 스치며 심하게 찢어진 것이었다.

엄마는 한동안 정신을 잃었다고 했다. 그때 마침 윗마을에 술통을 배달하고 오던 양조장 집 아저씨가 개울에 거꾸로 처박힌 엄마를 발견하고, 그대로 자전거에 싣고 학교 앞 의원 집으로 간 것이었다.

피투성이가 된 엄마가 의원 집에 도착했을 때, 의원은 왕진을 나가서 집에 없었다. 의원이 돌아와 엄마의 눈을 씻어냈는데, 다행히 눈알은 다치지 않았다고 했다. 의원은 엄마의 찢어진 눈꺼풀을 꿰매야 했는데, 제대로 된 수술기구가 없어 땀을 뻘뻘 흘렸다고 했다.

엄마는 그 후 며칠 동안 열이 펄펄 끓으며 심하게 앓았다. 나는 속으로는 엄마에게 미안했지만, 겉으로는 여전히 엄마에게 불퉁스럽게 투덜거렸다.

"엄마가 너무 극성맞아서 그래. 내가 돌아올 때까지 기다렸으면 다치지도 않았을 텐데. 당장 물이 없어 밥을 굶는 것도 아닌데,

뭐하러 물을 길으러 가서 이 고생을 하냐고요? 하마터면 돌아가실 뻔했잖아."

엄마는 여전히 내 앞에서 죄인처럼 미안해했다.

"그러게 말이다. 하루라도 네 손을 안 빌리고 물독을 채우려고 했는데, 괜히 네가 더 고생이구나. 미안하다. 미안해."

나는 엄마의 말에 가슴이 쓰렸다. 그런 엄마를 두고 혼자서 기숙학교에 갈 수가 없었다.

직장 생활

고등공민학교를 졸업하자마자 나는 엄마와 함께 서울로 올라와 공장에 들어갔다. 당장 일을 해서 밥값이라도 벌어야 했다.

신문에서 큰 미국계 회사의 제법 근사한 사원 모집공고를 보고 마음이 당겨 이력서를 냈다. 막상 회사에 가보니 아이스바 스틱을 만드는 곳이었다. 그곳에서 통나무를 기계로 깎아 만든 스틱을 가지런히 포장하는 일을 했다. 몇 달 공장에 다니는 동안, 그곳이 내가 있을 곳이 아니란 생각이 늘 들었다.

공장에 다닌 지 3개월쯤 지난 어느 날이었다. 고등공민학교 3학년 때 담임이 안양으로 나를 찾아왔다. 졸업 후에도 담임과 계속 편지를 주고받았는데, 내 주소를 들고 어려운 걸음을 한 것이다. 고등학교에 갈 수 없는 나를 무척 안타까워했던 담임은 두 눈으로 직접 내 사정을 보기 위해 왔다고 했다.

그날 오빠 내외와 엄마까지 한 방에서 지내는 모습을 본 담임은 나를 무척이나 딱하게 여겼다. 어떻게 하든 제대로 된 직장에 들어가서 더 늦기 전에 공부를 계속할 수 있는 방법을 찾아봐야 한다고 했다.

담임은 내가 졸업한 다음 해에 인천에 있는 고등학교로 전근해서 인천에 산다고 했다. 자신이 맡은 반 학생 중에 고모가 서울에서도 제법 큰 S병원에 있는 걸 알고 그 학생 고모에게 내 일자리를 부탁했다고 했다.

며칠 후 나는 담임의 편지를 들고 S병원을 찾아갔다. 그 학생의 고모는 수녀님이었다. 수녀님은 자기 조카의 담임이 부탁했기 때문인지 나를 만나자마자 친절하게 대해 주었다.

당시 그분은 병원 중앙공급실 책임자였는데, 중앙공급실은 병원에서 쓰는 모든 의료용품을 소독하고 포장하여 관리하는 곳이었다. 소속은 간호과였지만, 하는 일은 특별한 교육이나 기술이 필요한 게 아니었다.

나는 며칠 후부터 바로 S병원 중앙공급실로 출근했다. 취직하기 위해 여러 가지 서류를 제출하면서 이런저런 모험을 해야 했다. 우선 근로기준법에 따르면 만 18세가 되어야 취직할 수 있는데, 내 호적 나이가 14세밖에 되지 않아 미달이었다.

아버지는 아들인 오빠는 제날짜에 호적을 올렸으면서 왜 딸인 나는 1~2년도 아니고 무려 4년이나 늦게 올렸는지, 그때는 아버지가 무척이나 원망스러웠다. 할 수 없이 특별히 부탁해서 서류를 내고 취직이 되었다. 지금처럼 모든 것이 전산화되었다면 어림도 없을 일이었다. 관공서 서류를 일일이 손으로 쓰던 때라 그토록 어수룩한 일이 가능했다.

가짜 이력으로 직장 생활 하는 동안 남들이 내 실체를 알까 봐 늘 조마조마했다. 나와 함께 일하는 사람들은 거의 서울에서 고등학교를 졸업했다. 시골 고등공민학교에서 중학 과정을 가까스로 마친 나는 모든 면에서 그 애들과 비교되어 주눅이 들고 자신감이 없었다.

나에게 일자리를 준 수녀님은 나를 몇 달 동안 중앙공급실에서 일하게 하다가 병실 근무로 옮겨주었다. 병실 근무는 3교대로 했는데, 처음에는 저녁 근무를 했다. 저녁 근무는 밤 10시 반에 끝났다. 옷을 갈아입고 병원을 나오면 열한 시가 가까웠다. 집으로 가는 차도 거의 막차였다. 안양 정거장에 내려서 춘부까지 걸으면 자정이 다 되었다.

오빠가 직장을 옮기기 전까지 몇 달 동안은 그렇게 먼 거리를 출퇴근했다. 그후 오빠는 서울 가리봉동에 새로 조성된 한국수출산업공단에 있는 공장에 취직이 되었다. 우리는 안양에서 서울 도림동으로 이사했다. 그 후부터 나는 훨씬 편하게 출퇴근했다.

병실 근무를 하면서 간호 보조업무를 했는데, 일이 익숙해질 무렵 수녀님은 내가 중환자실에서 근무할 수 있게 해주었다. 병실 근무는 병동 전체를 돌면서 일해야 해서 소속감이 별로 없었는데, 중환자실은 우선 규모가 작고 가족 같은 분위기였다.

중환자실에 처음 들어갔을 때, 거의 죽은 사람이나 다름없는 무의식 상태의 환자들을 보고 나는 큰 충격을 받았다. 의식 없는 환자들이 살아 있는 사람으로 느껴지지 않았다. 처음 며칠간은 끔찍한 환자들의 모습이 꿈에 나타나기도 했다.

기관 절개를 한 환자들은 정해진 시간마다 기도에서 가래를 빼주어야 했다. 뇌수술 받은 환자는 머리 전체에 붕대를 감고 의식도 거의 없었다. 얼굴도 보기에 섬뜩해서 처음엔 무척이나 무서웠다. 식물인간으로 몇 달씩 누워 있는 사람들을 매일 대하면서 나는 차츰 담대해졌는데, 1년여를 중환자실에서 일했다.

그해 크리스마스 날이었다. 휴일이라 병원은 한산했다. 외래가 쉬는 날이기 때문에 병실에서도 환자 돌보는 일 외엔 별로 할 일이 없었다. 필요한 물품은 휴일을 대비해 미리미리 준비해놓기 때문에 중환자실 밖으로 나갈 일도 별로 없었다.

중환자실은 2층에 있었는데, 남쪽 창으로 명동 거리가 내려다보였다. 성당으로 오전 미사를 보러 가는 신도들의 행렬이 줄을 잇고 있었다.

병원 앞뜰에 있는 성모상 동굴 앞에 다른 날보다 많은 촛불이 가물거리고 있었다. 몇몇 사람이 머리에 미사보를 쓰고 두 손을 모은 채 성모상 앞에서 무릎을 꿇고 기도하고 있었다. 명동성당에서 울리는 종소리가 성탄일이라서 더 고요하게 들렸다.

갑자기 구급차 사이렌 소리가 요란하게 울렸다. 곧바로 구급차들이 줄지어 병원으로 들이닥쳤다. 병원이 소란스러워지고 당직 의사들을 응급실로 부르는 방송이 다급하게 흘러나왔다. 신세계 백화점 쪽에서 시커먼 연기가 치솟는 게 보였다. 얼마 후에야 대연각호텔에 불이 났다는 걸 알았다.

당시 사상자가 160여 명이나 났던 큰 불이었다. 대연각호텔은 규모가 큰 호텔로 크리스마스를 맞이하여 외국 손님들도 많이 묵고 있었다.

병원도 아수라장이었다. 복도까지 응급환자들로 넘쳐났다. 불을 피해 호텔에서 뛰어내리다 다친 사람과 화상을 입은 사람, 죽은 사람들도 있었다. S병원에 7년여를 근무하는 동안 그때처럼 긴박했던 적은 없었다.

그다음 해 봄, 수녀님이 드디어 나를 외래로 근무지를 옮겨주었다. 외래 물리치료실이었는데, 3교대가 없고 아침에 출근해서 저녁에 퇴근하는 곳이었다.

그 무렵 보사부에서 무자격 간호조무사들은 자격을 갖추어야 한다는 공문을 각 병원으로 보냈다. 병원에서는 무자격 간호조무사들에게 근무가 끝난 후 대한간호협회에서 1년간 교육을 받을 수 있게 해 주었다. 나도 근무가 끝나면 퇴계로 5가에 있는 대한간호협회 사무실로 가서 1년 동안 간단한 해부학과 기초간호학 등을 공부했다.

1년 동안 야간 공부를 마치고 졸업했을 때, 나는 우등상을 받았다. 50여 명 중에서 1등이었다. 그때 간호협회에서 자격증을 따기 위해 함께 공부했던 무자격 간호조무사들은 내가 근무하는 S병원을 비롯해 백병원, 국립의료원, 을지병원 등에서 일하던 사람들이 있는데, 서울에서도 내로라하는 숭의, 진명, 숙명, 창덕여고 졸업생들이 많았다. 그들을 제치고 시골에서 중학교도 제대로 나오지 못한 내가 1등을 했다는 게 꿈만 같았다. 그 후 120여 명이나 되는 S병원 간호조무사 회장을 3년 동안 연임했다.

내가 그만큼이라도 사회생활에 적응할 수 있었던 것은 고등공민학교 선생님들의 눈물겨운 가르침 덕분이었다.

나는 일하면서도 야간대학에 가고 싶었지만 엄두가 나지 않았다. 대학에 가려면 우선 대입 검정고시를 공부해서 통과해야 하는데, 다니지도 않았던 고등학교 재학생이라고 속여서 직장에 들어갔으니, 누가 내 실체를 알까 봐 주변에 나 자신을 드러내는 일이 더더구나 어려웠다.

월급을 타면 집에 쌀값으로 일부를 내고 적금을 들며 돈을 꼬박꼬박 모았다.

1년쯤 후, 우리는 안양천 너머 산동네인 철산리 무허가촌에 방 두 개짜리 집을 얻었다. 집에 가려면 안양천을 건너 개구리 소리를 벗 삼아 논 가운데로 난 길을 한참 걸어와 복숭아과수원을 가로질러야 했다. 혼자 다니기 무서울 정도로 외진 곳이었다.

철산리 버스정류장에서 산동네 우리 집까지 가려면 숨이 턱까지 찼다. 겨울에 눈이 내리면 연탄재를 깔지 않고는 미끄러워 다닐 수가 없었다. 스키장보다도 경사가 심했다. 연탄도 아랫동네

보다 비싸게 사서 땠다. 배달료가 붙었기 때문이었다.

아침저녁으로 출퇴근해야 하는 나는 여간 고역이 아니었다. 산동네 아래까지 마을버스가 다니긴 했지만, 그걸 타면 개봉동으로 돌아가야 해서 병원까지 가는 시간이 곱절은 더 걸렸다. 그래서 안양천을 건너 수출산업공단이 있던 가리봉동 26번 버스 종점까지 걸어가서 그 버스를 타고 출퇴근했다. 장마철이 되면 안양천 물이 불어 천변 양쪽에 묶인 줄을 당겨 오가는 배를 타고 건너다니기도 했다.

산동네로 이사한 첫해 겨울, 하늘이 낮게 내려앉은 날이었다. 연탄을 갈고 잠이 들었는데, 잠결에 어렴풋이 오빠가 나를 부르는 소리가 들렸다. 오빠의 목소리가 점점 아득하게 멀어졌다. 나중에는 꿈속에서 부르는 것처럼 아득하고 또 아득하게 들렸다.

나는 얼마나 졸린지 자꾸만 잠 속으로 빠져들어 갔다. 깊이를 알 수 없는 아주 평온한 세계로 누군가가 나를 끌어당기는 것 같았다. 그대로 잤으면 좋겠는데, 오빠가 계속해서 나를 불렀다. 나는 꿈속에서 깨우지 말라고 입을 달싹거리며 잠속으로 깊이깊이 빨려들어 갔다.

나중에 정신이 들고 보니 내가 옆집 방에 누워 있었다. 식구들이 모두 연탄가스를 마신 것이었다. 연세가 많은 엄마는 폐활량이 약해 나보다 덜 중독되어 오빠가 부르는 소리를 듣고 일어날 수 있었는데, 갓 스무 살 넘은 나는 연탄가스를 맘껏 들이마신 탓에 식구 중에 가장 많이 중독된 상태였다. 오빠도 중독되어 나를 일으켜 세울 만한 힘이 없었고, 간신히 밖으로 나와 찬 공기를 쏘이자마자 그 자리에 쓰러졌다고 했다. 이웃집 아저씨가 정신을 놓은 나를 자기 집으로 옮겼고 한참 만에 내가 깨어난 것이었다.

산동네 우리 집은 미닫이문을 열고 안으로 들어가면 좁은 마루가 나오고 안방 문 앞에 연탄아궁이가 있었다. 나와 엄마가 쓰는 작은 방 문 앞에도 연탄아궁이가 있었다. 연탄을 갈고 잤는데, 그만 기압이 낮아 연탄가스가 방으로 들어온 것이었다. 하마터면 나는 그때 엄마와 식구들과 영원히 이별할 뻔했다.

짜장면 집에서

병원에서 7년을 근무하다가 1978년에 결혼했다. 남편은 내가 근무하던 병원 물리치료실 환자로, 당시 대학생이었다. 2년여를 사귀다 입대하였는데, 그때는 군 복무 기간이 3년이었다. 남편이 제대하던 해 결혼했고, 결혼 후에야 남편을 제대로 알게 되었다.

결혼과 함께 맏며느리로서 시부모님을 모시고 살았다. 그러나 결혼 후 11년 동안은 시부모님을 모신 게 아니라 얹혀살았다고 해야 맞는 상황이었다.

남편은 자아가 너무나 강해 직장생활을 할 만한 성격이 못 되었다. 결혼 후 딱히 하는 일이 없었다. 결혼하면 남편 월급으로 알콩달콩 살겠다는 내 신혼의 단꿈은 여지없이 깨졌다. 시어머니가 시장을 봐다 주면 살림만 하는, 말 그대로 경제권이 없는 가정부였다고 할까.

결혼 전 친정엄마를 모시고 직장 생활하며 실질적인 가장 노릇을 해온 나로서는 남편의 무위도식을 도저히 이해할 수가 없었다. 남편은 작은 일에도 쓸데없는 자격지심으로 화를 잘 냈다. 자신이 선 자리가 당당하지 못한 만큼, 모든 화는 아내인 내게 미쳤다.

결혼하자마자 연년생으로 딸과 아들이 태어났지만, 경제적으로는 아이들의 육아와 교육도 시부모님 손에서 이루어졌다. 월급이 적든 많든 내 손으로 벌어서 쓰던 내게는 숨 막히는 삶이었다. 친정엄마에게 용돈도 드리고 싶고, 아이들에게 가르치고 싶은 것들도 많은데, 남편이 벌지 않으니 모든 게 성에 차지 않았다.

시아버지는 내 속내를 알아차리고 가끔 친정엄마를 찾아가 용돈을 드리기도 했다. 그런 일은 시아버지가 아니고, 내 남편이 해야 할 일이었다.

최고학부까지 나온 사람이 왜 무슨 일이든 직업을 가질 생각을 하지 않는지, 시부모님이 생활비를 주시니 밥을 굶는 건 아니었지만 나는 한마디로 놀고먹는 남편이 늘 불만이었다.

군대에서 예편한 시아버지는 연금이 나왔고, 사업도 하니 생활하는 것은 부족함이 없었다. 그러니 남편은 좋아하는 낚시를 가는 게 일이었다. 또 겨울에는 친구들과 사냥도 다녔다.

어느 해 이른 봄이다. 남편은 동네 친구들과 사냥을 다녀왔다. 한동네 사는 친구가 자기 봉고차를 운전해서 서울 근교로 사냥을 갔다가 돌아오는 길에 가벼운 교통사고를 냈다. 잔설이 남아 있는 산야를 돌아다니다가 따뜻한 차에 타니 노곤했던 모양이었다. 운전하던 친구가 그만 졸음운전을 하고 말았다. 다행히도 큰 사고가 아니어서 운전하던 친구만 다쳐 병원에 입원했다고 했다.

그해 딸이 초등학교에 입학했다. 사립학교여서 시부모님이 학비를 대는 것 역시 몹시 부담스러웠다.

어느 날 점심 무렵이었다. 외출했던 남편에게서 전화가 걸려왔다. 점심을 사줄 테니 집 앞 짜장면 집으로 나오라는 전화였다. 시어머니가 반색하며 얼른 나가서 맛있게 먹고 오라고 했다.

집안일을 하던 나는 입은 옷 그대로 지갑도 안 들고 집에서 300여 미터 떨어진 짜장면 집으로 갔다. 남편이 식당 앞에서 기다리고 있었다.

식당 안은 점심시간이라 사람들로 북적거렸다. 짜장면을 시켜 둘이 먹기 시작했을 때만 해도 잠시 후 일어날 일은 상상도 하지 못 했다.

항상 집 안에 파묻혀 있다가 둘만의 오붓한 시간을 밖에서 보내니 나도 기분이 좋았다. 남편은 대화를 잘 하는 사람이 아니지만, 그날은 이런저런 이야기를 주고받았다. 대화하다가 사냥 갔던 날 이야기가 나왔다. 나도 자연스럽게 운전하던 친구는 병원에 입원했다더니 어떠냐고 물었다.

바로 그 순간이다. 남편에게서 육두문자가 날아왔다.

"네가 왜 그 녀석 안부를 물어!"

남편의 갑작스러운 행동에 나는 어찌할 바를 몰랐다. 남편이 벌떡 일어나더니 먹다 남은 짜장면 그릇을 탁자에 탁! 엎어버렸다.

그리고 휙 나가버렸다.

식당 안에 있던 사람들이 모두 나를 바라보았다. 쥐구멍이라도 있으면 들어가고 싶었다. 너무나 기가 막혔다. 짜장면값도 내지 않고 가버렸으니 따라 나갈 수도 없었다.

순간 어떻게 해야 하나 멍하니 있다 정신을 가다듬었다. 나를 흘끔거리는 사람들 시선이 내 얼굴에 닿자 창피해서 불덩이처럼 뜨거웠다.

주인도 내 눈치만 보고 어쩌지를 못했다. 집 근처 식당이라 지갑을 가져오지 않은 게 후회되었다. 머뭇거리다가 용기를 내어 주인 앞으로 갔다.

"저 미안한데요, 요 앞 동네 사는데, 집에 가서 짜장면값을 가져올게요. 죄송합니다."

짜장면집 주인 여자가 알았다며 고개를 끄덕였다.

2층 계단을 내려오는데 자꾸만 발이 헛놓였다. 식당을 나와 집으로 가는 골목으로 접어드니 시어머니가 허겁지겁 뛰어오고 있었다. 남편이 짜장면값을 갖다 주라고 시켰다는 것이다.

"에이그, 웬일로 점심을 사주나 했더니 그 성질을 어쩜 좋으냐?"

"아범은요?"

"나한테 짜장면값 내라고 하더니 또 나갔지."

시어머니가 나보다 더 속상한 듯 구시렁거렸다. 짜장면값을 들고 중국집으로 가는 발걸음이 너무나 창피했다. 시어머니와 집으로 돌아오면서 단호하게 말했다.

"어머니, 이번엔 저도 참을 수가 없어요. 도깨비도 아니고. 애들 데리고 친정에 가 있을게요. 아범보고 친정으로 와서 다시는 안 그런다고 빌라고 하세요. 그러기 전엔 돌아오지 않을 거예요."

시어머니가 애들 걱정을 했다.

"이제 갓 1학년인데, 학교는 어떡하고?"

"제가 데려오고 데려가고 할 거니까 어머니는 무조건 모른다고 하세요."

나는 일방적으로 통보하고 아이들을 데리고 친정으로 갔다. 시부모님 두 분은 항상 내 편이었다.

나는 이번 일을 기회로 남편의 불뚝 성질을 반드시 꺾어놓겠다고 다짐했다.

결혼 후 친정엄마에게는 처음으로 남편과의 불편한 모습을 내보였다. 애지중지 키워 시집보낸 딸이 남편의 괴팍한 성격 때문에 힘들게 사는 모습을 절대로 보이지 않으려고 노력했지만, 이번엔 어쩔 수 없었다.

이튿날 딸을 학교에 데려다주러 갔더니, 시부모님이 두 분 다 교문에서 나를 기다리고 있었다.

나는 시부모님을 통해서 남편의 근황을 들었다. 남편은 아무 말 없이 들락날락한다고 했다. 시부모님은 딸애를 학교에 들여보낸 후 내게 아침을 사주면서 미안해했다. 그렇게 사나흘 동안을 아침마다 딸을 학교에 데려다주고, 학교가 끝나면 다시 친정으로 데리고 갔다.

친정에서 지낸 지 4일째 되는 날 저녁이었다. 시어머니가 친정으로 찾아왔다. 남편이 애들만 데려오라고 했다는 것이었다. 기가 막혔다.

"어머니, 여길 왜 오셨어요? 사돈한테 창피해서 못 간다고 네가 알아서 데려오든지 말든지 하라고 버텼어야죠. 저와 약속까지 하셨으니 말하기도 좋잖아요? 난 못 간다, 사돈 얼굴을 어떻게 보냐하고 거절을 하셨어야지요."

당돌한 내 말에 시어머니가 안절부절못했다.

"그러게 말이다. 그래야 했는데 내가 아비 성질 때문에 미처 그 생각을 못 했구나."

이미 돌이킬 수 없는 일이었다.

애초부터 남편을 못마땅해하던 오빠가 냉정하게 말했다.

"애들만 데려오라는 건 자존심 때문에 한 말일 테고, 애들 데려오면 너야 자동으로 따라온다고 생각했겠지. 전 서방하고 살 거면 애들 데리고 가고, 안 살 거면 이참에 잘 생각하고 결단 내려!"

오빠도 속이 상해서 한 말이겠지만 애들만 보내면 정말 끝을 내야 했다.

'애들만 보내고 냉정하게 돌아설 수 있을까. 엄마가 되어 과연 그럴 수 있을까.'

친정엄마를 봐서라도 그럴 수는 없었다. 아무리 남편이 괴팍하고 도깨비 같아도 아이들을 버릴 수는 없었다.

그 밤에 할 수 없이 시어머니를 따라 되돌아오고 말았다. 그때는 남편이 폭력도 불사할 때였다. 남편의 성정을 알기에 오빠도 시댁까지 동행해 주었다.

　남편의 황당한 행동을 빌미로 기를 꺾어보려 했던 내 계획은 허망하게 무너져 도로 나무아미타불이 되고 말았다.

장군의 체면

날이 풀리자 남편은 새벽같이 낚시하러 다녔다. 얼마나 낚시를 좋아했던지 심지어 첫아이를 낳던 날도 남편은 낚시터에 있었다. 둘째를 낳던 날도 남편은 아이가 태어난 다음에 낚시터에서 돌아왔다.

어느 해 봄날, 그날은 날씨도 좋았다. 남편은 새벽같이 낚시터로 갔다. 나는 아이들을 학교에 보내고 나서 남편이 없는 동안 동대문이나 다녀올까 하고 시어머니에게 여쭈었다. 시어머니는 날씨도 좋고 낚시터에 간 아들도 저녁때나 올 테니 오랜만에 바람이나 쐬고 오라고 했다. 나는 시어른의 점심을 차려야 했기에 얼른 다녀오려고 부리나케 집을 나섰다.

오랜만에 버스를 타고 동대문 포목시장에 갔다. 옷감도 구경하고 부속품들도 사고 나니, 시간은 금세 점심시간이 되어 서둘러

버스에 올랐다.

남편이 경제활동을 하지 않으니 너무나 답답하고 아쉬운 게 많았다. 그래서 집에서 부업이라도 할 요량으로 시어머니를 졸라 여성개발원에서 6개월 동안 양재를 배운 일이 있었다. 시부모가 허락한 일이니 남편은 싫어도 말릴 수가 없어서 양재를 배우는 동안은 막지 못했다. 스커트와 바지 기초에서 코트까지 만드는 과정이었다. 양재반을 졸업한 후 동대문 포목시장에 가서 옷감을 끊어다 식구들 옷도 만들곤 했다.

그러나 남편의 허락 없이는 외출은 엄두도 못 낼 때였다. 핸드폰도 없을 때니, 어쩌다 내가 밖에 나갔다가 귀가 시간이 조금만 늦으면 조용할 날이 없었다. 혼자서 세상 불행한 일들을 몽땅 나와 결부시키며 애간장을 태웠다. 어린애도 아닌 아내가 나갔다가 늦으면 늦나보다, 곧 오겠지 하면 좀 좋으랴. 남편은 내가 돌아올 때까지 안절부절못하고 마음을 끓이다가, 눈앞에 내가 보이는 순간 초조한 기다림이 분노의 폭탄이 되어 터졌다. 나 역시 외출하는 날은 항상 마음이 불안했다. 하지만 그 날은 온종일 낚시하고 오겠지 하고 마음을 푹 놓았다.

지금은 용산구청이 이태원으로 이전했지만, 그때는 원효로 1가에 있을 때였다. 집 앞 버스정류장 이름이 '구청 앞'이었는데, 여의도와 남영동, 마포와 삼각지로 이어진 사거리였다.

버스에서 내려 횡단보도를 건너려는데, 대각선 건너편에서 아버님이 까만 비닐봉지를 든 채 '어멈아! 어멈아!' 하고 나를 부르며 다급하게 손을 흔들었다. 나는 무슨 일인가 싶어 서둘러 뛰어갔다. 아버님은 들고 있던 까만 봉지를 내게 내밀며 집에 빨리 들어가라고 재촉했다. 낚시터에 있어야 할 남편이 웬일로 일찍 돌아왔다는 것이었다.

보나 마나 내가 없어 또 난리가 날 게 두려웠던 어머님은 나를 시장에 보냈다고 얼른 둘러대고는 시아버지에게 시장에 가서 닭을 사서 들고 있다가 내가 버스에서 내리면 그 닭을 들려 들여보내라고 시킨 것이었다. 아버님은 당신은 좀 있다 들어갈 테니 얼른 닭을 사러 다녀오는 척하고 빨리 집으로 가라고 했다.

'낚시터에 간 사람이 왜 낚시도 안 하고 금세 돌아왔을까.'

아들이 돌아오자 당황한 시어머니가 며느리의 알리바이를 위해 시아버지를 시장에 보내 생닭을 사 들고 기다리게 한 것이다.

온 식구를 쩔쩔매게 하는 남편이 밉기만 했다. 동네에서 장군으로 통하는 아버님이 생닭이 든 검은 비닐봉지를 들고 많은 사람이 다니는 사거리에 서서, 며느리가 언제 오나 두리번거렸을 걸 생각하니 웃음이 나왔다.

당시 용산구청 사거리에는 동대문으로 가는 버스가 대각선으로 난 도로 사이로 두 노선이 있었다. 한 노선은 숙대로 돌아오는 노선이고, 한 노선은 남영동에서 원효로로 바로 오는 노선이었다. 아버님은 내가 어떤 버스를 타고 올지 몰라 그 중간에 서서 양쪽 버스정류장을 두리번거린 것이었다. 핸드폰도 없을 때니 장군 체면을 구기면서 시어머니가 시키는 대로 연극 했던 것이다.

그때는 지금처럼 마트에 가서 생닭을 살 수 있는 시대가 아니었다. 살아 있는 닭을 골라서 털을 뽑고 잡아야 했으니, 시간이 꽤 걸렸다. 그래서 생닭을 사러 갔다고 하신 것이다.

그처럼 시부모님도 남편의 성격을 어쩌지 못해 쩔쩔맬 정도였다. 나는 그런 시부모님도 이해할 수 없었다.

'자식인데 왜 그렇게 버릇을 들였을까.'

손위 시누 말에 따르면, 어릴 때도 성격이 과격해서 싸우다 지면 분을 못이기고 거품 물며 경기를 일으켰다고 한다. 아마도 그런 연유 때문에 아들의 성격을 바로잡지 못하신 것 같다.

그날 나는 시장에 다녀오는 척 닭을 들고 집에 들어가 닭곰탕을 끓여 점심상을 차렸다.

내 남편은 지금까지도 그날의 연극을 알지 못한다. 남편을 속인 게 어디 한두 번일까. 남편의 과격한 성격 때문에 시부모님과 연극 하고, 아이들과도 연극 하며, 선의의 거짓말을 수도 없이 하며 살았다. 나를 잘 아는 친구는 내가 배우가 되었으면 연기를 아주 완벽하게 했을 거라고 말하기도 했다. 가정 평화를 위한 내 연기는 수준급이었으니까.

남편의 사랑은 지극하다 못해 어린아이 같은 강짜를 자주 부렸다.

결혼 전, 콩나물시루 같은 시내버스에 탔을 때였다. 만원 버스라 버스가 좌우로 움직일 때마다 사람들이 이리저리 밀리며 마치 파도타기 하는 것 같았다. 여름이라 반소매 옷을 입으면 몸이 이리저리 밀리며 이 사람 저 사람과 맨살을 부딪는 일이 다반사였다.

버스에서 내렸는데 남편 표정이 얼음처럼 차가웠다. 나는 남편이 왜 그러는지 알 수가 없었다.

"지금 나한테 화났어요?"

물어도 대답하지 않았다. 남편은 순간순간 나를 전전긍긍하게 할 때가 많았는데 그때도 그랬다. 나중에 이유를 들으니 버스 안에서 내 팔이 옆에 있는 남자 팔에 닿았다는 것이다.

음식점에 가서 자리를 잡고 앉아 음식을 먹다가도 어느 순간 나를 일어나라고 하여 자리를 바꾸기도 했다. 처음엔 영문을 몰랐는데 나중에 보니 내 맞은편에 남자들이 있으면 어김없이 자리를 바꿔 내가 다른 남자들과 등을 맞대고 앉게 했다.

직장 생활 하면서 일어학원에 다닐 때였다. 남편은 하루도 빼놓지 않고 날마다 학원 앞에 와서 나를 기다렸다. 그때는 세상에서 이 남자만큼 나를 사랑하는 사람은 없다고 생각했다. 그것이 지나친 집착이라는 걸 간파했어야 했다. 지나친 사랑이 얼마나 숨 막히는지 그때는 전혀 알 수 없었다.

며느리 사랑

'며느리 사랑은 시아버지'란 말처럼 나만큼 아버님 사랑을 많이 받은 사람은 없다고 자부한다. 아버님이 밖에 나가면 며느리 자랑을 얼마나 하고 다니셨는지 동네 어른들은 나를 만날 때마다 감탄을 연발했다.

"아니, 새댁은 아버님을 어떻게 모시기에 만날 때마다 우리 며느리가 최고라 하시네. 입에 침이 마르도록 칭찬하시던데 비결이 뭐요?"

그럴 때마다 '칭찬은 고래도 춤추게 한다'는 말이 실감 났다. 진정으로 아버님께 더 잘해드리고 싶은 마음이 저절로 우러났다. 아버님은 고단수의 방법으로 며느리를 사랑하셨는지도 모른다. 그토록 자랑하는 며느리가 자기 아들에게 닦달당하지 않게 하느라, 장군 체면도 마다하고 생닭 봉지를 들고 사거리에서 두리번거리기도 하셨던 분이다.

남편이 밤늦게까지 집에 들어오지 않는 날은 정원 탁자에서 아버님과 많은 이야기를 나누기도 했다. 다시 갈 수 없는 북한이 고향인 아버님은 북청 이야기도 자주 하셨다. 그런 날이면 아버님은 술을 드시고 나는 술 시중을 들어드렸다.

아버님이 며느리에게 미안한 마음을 내보이며 아들을 나무랄 때가 있었다. 그럴 때면 나도 맞장구를 쳤다.

"아버님이 너무 오냐오냐 키워서 그렇잖아요. 독립할 생각을 왜 안 하는지 모르겠어요. 저는 아범의 사고방식이 맘에 안 들어요. 처자식이 생겼으면 책임져야 하잖아요."

처음엔 아버님도 내 말에 맞장구를 쳤다.

"그러게 말이다. 딱 어미 반만큼이라도 철이 들었으면 좋으련만."

"아버님이 냉정하게 생각하시고 저희를 내보내세요. 죽이 되든 밥이 되든 처자식 발등에 불이 떨어져야 뭐든 하려고 하잖아요. 그래야 독립심이 생길 거잖아요."

그럴 때마다 아버님은 항상 같은 대답을 했다.

"애들 놔두고 너희만 나가 살아라."

말도 안 되는 말이었다. 애들과 떨어져 살라는 건 나가지 말라는 뜻이었다. 그처럼 아버님은 손자 손녀와 하루라도 떨어져 사실 분이 아니었다.

나는 밤이 이슥하도록 집에 들어오지 않는 남편을 기다리며 남편에게서 채워지지 않는 갈증을 아버님에게 토로하기도 했다. 아버님은 어느 순간 술이 거나해지면 정색하시고 내 불만을 한마디로 막았다.

"어멈아, 이제 그만 해라. 다 때가 되면 철이 들겠지."

아무리 사랑스러운 며느리라도 자기 자식에 대한 험담은 듣기 싫은 게 어버이 마음이리라.

아버님이 병상에서 45일을 지내실 때, 나는 살림을 동서한테 맡기고 병원에서 아버님을 온전히 간호했다. 시어머니가 계신데도 며느리가 결혼 전에 병원에 근무했다는 게 안심이 되는지, 내가 곁을 지켜주기를 바라셨다.

45일 중에서 이틀을 제외한 43일을 병원에서 숙식하며 지냈다. 다른 환자와 보호자들은 당연히 시어머니가 안 계신 줄 알았다. 그래서 마주칠 때마다 이렇게 인사를 건넬 정도였다.

"아휴, 아기 엄마, 홀시아버지 모시느라 수고가 많네요."

아버님이 간경화에 위암까지 겹쳐 급속도로 건강이 악화된 때였다. 이미 병원에서도 손쓸 수 없는 지경이 되었는데, 차마 아버님께는 그 사실을 알려드릴 수가 없었다.

늦가을, 마당의 감나무는 빨간 감을 주렁주렁 단 채 주인 없는 빈집을 지키며 찬 서리를 맞고 있었다. 아버님은 불현듯 익어가는 감이 걱정되었는지, 어서 집에 가야 한다고 퇴원하자고 조르셨다. 이미 가망 없는 상태이니 마지막으로 붉게 익은 감이라도 보여드리자는 생각이 들었다. 저리도 보고 싶어 하시는데 마지막

소원이라도 들어드리자는 마음에 마치 회복되어 퇴원하는 것처럼 아버님을 속이고 집으로 모셔왔다.

간성 혼수가 언제 시작될지 몰라 하루하루가 불안할 때였다. 암세포에서 발생하는 독소를 빼내기 위해 하루에 세 번씩 관장해야 했다. 아들도 있고 부인도 있는데, 아버님은 며느리에게 관장을 허락하셨다.

집으로 모시고 오는 날, 잠시나마 집에 오는 것을 얼마나 좋아하시는지 옆에서 지켜보는데 마음이 너무 안타까웠다.

다음날, 때 이른 함박눈이 펑펑 쏟아졌다. 빨갛게 주렁주렁 매달린 감들 위로 함박눈이 쌓이니, 하얀 눈송이와 어울려 신비한 한 폭의 그림 같았다.

'아버님께 마지막이라는 것을 말씀드려야 할까, 끝까지 모르게 해야 할까.'

나는 이게 옳을까, 저게 옳을까 한동안 망설였다.

집에 오신 지 사흘쯤 지난 날, 아버님 스스로 마지막을 준비하게 해야 한다고 식구들은 의견을 모았다. 아버님 앞에서 누가 말을 꺼낼지 의논했는데, 시어머니가 맡기로 했다.

"당신의 병은 회복할 수 없는 병이에요. 게다가 아주 위급한 상황이고. 오늘이 마지막일지, 내일이 마지막일지도 몰라요."

식구들이 모두 숨을 죽였다. 숨소리 내는 것조차도 아버님께 미안하고 안타까운 순간이었다.

아버님은 아무 말씀도 하지 않았다. 이미 알고 있었다는 듯 더 궁금한 것도 없는 것처럼. 식구들이 어렵게 꺼낸 말이 아차 싶을 만큼, 마당에 있는 감나무에 눈을 고정한 채 한참 동안 침묵하고 계셨다.

바로 그때였다. 시어머니가 입을 열었다.

"누구네 남편은 몇 년째 화장실도 못 간다더라. 누구네 남편은 정신 줄도 놓고 방 안 벽에 오물을 칠한다더라. 난 그 꼴 못 본다. 만약 할아버지가 그렇게 되면 나는 그 수발 절대로 못…."

나는 순간적으로 시어머니 입을 손으로 틀어막았다.

'마지막을 바로 눈앞에 둔 남편에게 그게 무슨 말씀이냐고, 어머님이 아내로서 그게 할 말이냐고.'

눈을 동그랗게 뜬 채 눈짓으로 그만 말씀하시라고 시어머니의 옆구리를 쿡쿡 찔렀다. 그때도 아버님은 아무 말씀도 하지 않으셨다.

그로부터 이틀 후, 아버님은 간성혼수가 시작되어 병원으로 가셨고, 다시는 집에 돌아오지 못했다.

아버님이 돌아가시자마자 시어머니의 치매 증상이 나타나기 시작했다. 해를 거듭할수록 치매 병세는 더 심해졌고, 결국 자기 몸에서 나온 오물도 분간하지 못했다. 시어머니는 젊은 시절에 결벽증이라 할 만큼 깔끔했는데, 방바닥에 오물을 누고 발로 밟고 다니면서도 그게 오물인 줄도 몰랐다.

그 뒷수발을 할 때마다 나는 아버님 앞에서 시어머니가 했던 말들이 생생하게 되살아났다. 그럴 때마다 시어머니가 원망스러웠다. 버거울 때는 나도 모르게 푸념이 튀어나왔다.

'아버님 뒷수발도 절대 못 하신다더니 어머님이 되레 이게 무슨 꼴이에요. 그때 어머님이 얼마나 이상하게 보였는지 아세요.'

그러나 시어머니는 며느리의 푸념도 무슨 말인지 인지하지 못했다.

돌이켜보면 시부모님은 40여 년을 함께 한 부부였다. 그러니 무슨 말을 못 할까. 어쩌면 시어머니는 솔직한 심정을 여과 없이 드러냈는지도 모른다. 그렇다고 내가 시어머니 행동을 평가하고 단죄할 수 있는 위치는 아니었다. 그러니 치매 시어머니를 간병할 때 아무리 힘들어도 하지 말아야 했을 말들이었다.

어느 시인의 시처럼 '지금 알고 있는 걸 그때도 알았더라면' 하면서 아쉬움을 안고 사는 게 인생이리라.

엄마의 머리카락

친정엄마가 92세 되던 해, 어버이날이었다. 올케언니가 늘 엄마를 정성껏 모셔서 내가 해드릴 일이 뭐가 있을까 하다가 오랜만에 엄마 머리를 감겨드리기로 했다. 친정엄마는 일찍 머리가 희었는데, 오히려 팔순을 넘기고부터는 흰 머리카락 사이로 조금씩 검은 머리카락이 다시 났다. 그 무렵에는 검은 머리카락이 흰 머리카락보다 더 많아 보였다. 오래 사시려면 희었던 머리가 다시 검어진다고 하는데, 그래서 장수하시는 걸까.

1910년에 태어난 엄마는 젊은 시절엔 쪽 진 머리를 했다. 하지만 소아마비 후유증으로 왼손을 제대로 쓸 수 없었던 엄마는 머리 감은 후 삼단 같은 머리를 참빗으로 곱게 빗는 일까지만 할 수 있었다. 다른 사람 손을 빌려야만 낭자를 틀고 비녀를 꼽을 수 있었다. 그래서 엄마가 머리 감는 날이면 내가 엄마를 위해 꼭 하는 일이 있었다. 옆에서 기다렸다가 엄마가 빗질을 다 하면 내 작은 손으로 엄마의 긴 머리를 세 갈래로 나눠 보기 좋게 땋고 그다음 낭자를 틀어 비녀를 꼽아주었다.

내가 몇 살 때부터 엄마가 쪽 진 머리하는 걸 도왔는지 정확하게 기억나진 않지만, 아주 어렸을 때부터였던 것 같다. 정갈하게 가르마를 타고 곱게 빗어 단아하게 쪽 찐 엄마 머리는 항상 윤기가 흘렀다.

어느 해, 설을 며칠 앞둔 날이었다. 엄마가 내 설빔을 사 오셨다. 내게 새 설빔은 꿈에서나 가능한 시절이었다. 내가 입는 옷들은 거의 서산 읍내에 사는 먼 친척이 보내준 헌 옷이었다. 헌 옷이라도 많이만 있으면 좋았다. 기운 자국이 없는 옷은 새 옷처럼 여겨졌다.

그런데, 새 설빔이라니. 그날 그 설빔을 엄마가 어떻게 마련했는지, 무슨 돈이 있었는지, 그런 것은 안중에도 없었다. 나도 새 설빔을 입고 설을 맞이할 수 있다는 것이 행복했다. 그것은 기적이자 기쁨이었다.

설이라야 마땅히 더 차릴 것도 없는 가난한 살림이었다. 엄마는 정결하게 설을 맞아야 한다며 가마솥에 물을 데웠다. 나는 몸을 씻고 엄마는 머리를 감았다. 나는 엄마 옆에서 엄마가 얼레빗으로 애벌 빗질을 하고 참빗 빗질이 끝나기를 기다렸다. 빗질이 끝난 엄마 머리를 땋으려고 머리카락을 잡았다. 항상 윤기 나고 풍성했던 머리카락이 작은 내 손으로 잡아도 한 줌이 되지 않았다. 삐죽삐죽 꽁지 빠진 참새처럼 볼품없이 성글었고, 잘 땋아지지 않

아 잔머리가 비어져 나왔다. 쪽 지어 비녀를 꽂았는데, 숱이 적어
곧 빠질 듯 헐거웠다.

항상 두 손 가득 잡히던 엄마 머리카락이 절반도 남지 않은 것
이다.

"엄마? 머리가 왜 이래? 왜 이렇게 숱이 없어?"

엄마가 아무렇지도 않게 말했다.

"머리카락이 그렇게 돈이 되는 줄 어찌 알았겠니? 진즉에 알았
더라면 울 애기 새 옷, 새 신발도 사 주었지…."

엄마는 머리를 숱아서 팔아 내 설빔을 산 것이었다. 오히려 머
리카락이 돈이 되는 걸 이제야 알았다며 아쉬워했다. 머리카락이
빨리 자라면 좋겠다고, 다음번엔 더 좋은 옷을 사주겠다고 했다.

소아마비로 자유롭지 못한 왼손과 왼발이 엄마의 부족한 부분
이었다면, 윤기가 흐르는 풍성한 머리칼로 쪽을 찐 단아한 모습
은 엄마의 자랑이 될 만했다. 부족한 부분을 상쇄시킬 만큼 정갈
한 아름다움이었다. 그러나 엄마는 머리가 볼품없어지는 것엔 개
의치 않았다. 오히려 머리카락을 팔아서 딸의 설빔을 마련할 수
있었다는 것을 너무나 기뻐했다.

그 시절엔 머리칼도 돈이 되었다. 머리 감고 빗을 때마다 빠지
는 머리칼을 모아 보관했다가 엿장수나 방물장수가 오면 팔았는
데, 요긴한 쌈짓돈이 되었다. 당시 가발이 우리나라의 주요한 수
출품이었기 때문에 머리카락이 한 몫 톡톡히 했던 것이다. 엄마
는 그 후에도 몇 번인가 머리카락을 팔아서 내게 신발도 사주고

옷도 마련해주었다.

1971년 서울로 이사하면서 엄마 머리도 쪽 진 머리에서 파마머리로 바뀌었다. 태어나서 처음으로 미장원에 가서 머리를 자르던 날, 엄마는 비녀와 영영 이별하는 걸 몹시 아쉬워했다. 나는 엄마한테 혼자 비녀도 못 꼽으면서 왜 머리 자르는 걸 싫어하느냐고 투덜댔다. 무심코 내뱉은 말이 엄마를 얼마나 서글프게 했을지, 그때는 알지도 못했고 알려고도 하지 않았다.

추억을 더듬으며 엄마 머리를 감겨드리려니 자꾸만 눈앞이 흐려졌다. 젊은 날 엄마가 무척 고왔다는 사실도 새삼 깨달았다.

머리를 다 감기고 드라이로 말리면서 엄마에게 물었다.

"엄마? 옛날에 엄마 머리 숱 없어서 내 옷 사준 거 기억나세요?"

"몰라. 다 잊어버려서 생각 안 나."

나는 옛날 일이 생생하게 떠오르는데, 엄마는 기억을 못 했다. 가난했던 시절을 기억하지 못하니 다행이라 해야 할까. 그로부터 4년 후 엄마가 96세로 돌아가신 지도 어느새 10여 년이 훨씬 넘었는데, 문득문득 엄마에게 잘못했던 일들만 떠오른다. 좀 더 살갑게, 좀 더 따뜻하게 엄마와 함께 보내지 못한 게 늘 아쉽고 후회된다.

마누라 잘 둔 줄 아세요

이상적인 부부상에 정답이 있을까? 물론 부부마다 다를 것이고, 어떤 환경인지에 따라, 또 신혼이냐 중년이냐 노년이냐에 따라 다 다를 것이다.

그렇다면 사랑의 유효기간은 얼마나 될까? 길어야 3년, 짧으면 3개월이라는 말도 있다. 실제로 사랑 호르몬의 변화가 이를 입증한다고 하니, 부부는 사랑보다는 정으로 산다고 해야 맞을 것이다. 미운 정 고운 정이란 말은 부부 사이에 딱 어울리는 말이다. 정 때문에 산다는 유행가도 있지만, 백세시대를 살아가는 동안은 서로 친구 같은 부부가 가장 좋을 것 같다.

부부싸움도 사랑이 있어야 벌인다고 한다. 서로 무관심하게 남남처럼 살면 정작 싸울 일도 없을 것이다.

남편은 나를 사랑하지 않은 것이 아니다. 지나칠 정도로 내 모든 것을 독점하려는 집착이 나를 힘들게 했다. 남편이기 때문에 아내의 모든 것을 자기 안에 두고 지배해야 하고, 아내이기 때문에 남편의 모든 것을 독점해야 한다는 사고방식은 사랑이 아니고 소유일 것이다.

남편보다 두 살 위인 손위 시누는 '내 동생 같은 사람하고 살라 하면 사흘도 못 살고 피를 칵 토하고 죽을 것'이라고 공공연히 말했다. 그만큼 남편은 나를 숨 막히게 했지만, 남편 입장에서는 나를 끔찍하게 사랑하느라 그랬을 것이다. 남편에게는 아내의 모든 것을 손바닥 안에 놓고 자신의 방식으로 소유하는 게 최상의 사랑이었다.

부부 사이에도 어느 정도는 각자의 몫을 인정해주는 삶이 최상이 아닐까. 집안에선 남편이지만 밖에 나가면 남이라 생각해야 편안하다는 사람도 있다.

예전에 해마다 '미스코리아 선발대회'가 TV에 방송되는 날이면 아이들과 TV를 보며 내기를 하기도 했다. TV에 나온 미녀 중 누가 뽑은 사람이 진이 될까, A가 예쁘다, B가 더 예쁘다 하며 말들이 많았다. 그때마다 남편은 정색하며 아이들에게 이렇게 말했다.

"저런 여자들은 미인이 아니야. 진짜 미인은 너희 엄마지. 엄마가 미인이야."

살짝 서운하게도 남편의 주장을 아무도 인정해주지 않았다. 가식인지 진심인지는 모르지만, 남편은 내 앞에서 절대로 다른 여자를 예쁘다고 하지 않았다.

남편은 나도 그래 주기를 바랐다. 하지만 그게 어디 말이 되는가. 남편은 남편이고, 남편보다 더 멋진 배우도 있을 수 있고, 아내보다 더 예쁜 미인이 왜 없겠는가. 하지만 그들은 나와 상관없는 사람일 뿐이니, 편하게 말할 수 있을 텐데도 남편은 절대로 그러지 않았다. 그런 것들이 나를 힘들게 했다.

어쩌다 가족들끼리 노래방에 갈 때도 있었다. 남편은 사람들과 어울려 노는 것을 별로 좋아하지 않았지만, 살아오면서 서너 번 정도는 노래방에 간 것 같다.

노래방에서 노래를 고를 때도 남편은 가사에 그리움이나 이별, 외로움 같은 단어가 들어 있는 노래는 절대로 내 앞에서 부르지 않았다. 노래를 부르다가도 그립다거나 보고 싶다는 내용이 나오면 얼른 취소하고 다른 노래를 골랐다. 유행가에 그리움이나 짝사랑, 이별 등이 안 들어간 노래가 어디 있겠는가. 나는 남편의 사랑 방법 때문에 질리고 숨이 막혔다.

무슨 일이든 너무 지나치면 모자람만 못하다는 말이 남편에게 딱 어울리는 말이었다. 지극하다 못해 지고지순한 남편의 사랑법도 술이 들어가면 속수무책으로 무너졌다. 보통 사람들은 술에 취하면 얼굴이 붉어지고 쓰러져 잔다는데, 남편은 마시면 마실수록 얼굴빛이 하애지며 더 쌩쌩해져 식구들을 힘들게 했다. 지금의 남편은 술엔 장사가 없다는 말을 정확하게 증명하고 있다.

'술 때문에 남편을 너무 미워했는데, 부부는 원래 원수였던 인연이 다시 만난 것일까. 다시 미워하면 다음 생에서 다시 만난다니

이제 그만 미워해야 할까.'

지금은 미워할 수도 없이 남편의 몸이 많이 망가졌다. 측은지심이 미운 남편을 불쌍한 남편으로 바꿔놓았다.

'남편과 함께 사는 남은 생애 동안, 내가 미워했던 깊이만큼 사랑으로 감싸 안아 그 골을 메워야 다음 생에 원수로 만나지 않겠지.'

그토록 건장했던 사람이 이제는 나약한 환자이니 보호자가 되어 보듬는 것이 내 사랑법이고 아내의 의무이리라. 지금 남편에게 가장 필요한 아내는 엄마 같은 아내일 것이다.

인간은 이렇게 살든 저렇게 살든, 결혼하든 하지 않든, 후회하는 동물이라 했다. 앞으로 남편과의 삶에서 후회를 덜 남기기 위해 노력할 일이다. 다만 뒤늦게 찾은 내 길은 절대로 포기할 수 없으니, 병행의 묘수를 찾아 충실하게 걸어가는 수밖에 없다.

돌이켜보니 다행스러운 일들이 있다. 여행을 별로 좋아하지 않는 남편은 내가 문학을 시작한 뒤로 세계대회나 현장조사차 해외에 나갈 때마다 '나는 외국 여행도 한 번 못 해보고'라며 최대한 불쌍한 사람처럼 말했다. 사실 나도 남편을 두고 혼자서 외국에 나가는 것이 홀가분하지만은 않았다. 그래도 남편의 불만을 들을 때마다 늘 중압감이 밀려왔다. 남편이 갈 만한 형편이 못 되었다면 그럴 만도 했지만, 같이 여행 가자고 해도 응하지 않았다.

딸애 유치원 자모들로 이뤄진 친목회가 30여 년이 넘게 이어졌는데, 몇 년 전 그 모임에서 부부동반 해외여행을 간 적이 있었다. 그때도 남편은 한사코 거부했다. 그래서 친목회 회원들과 짜고 부부여행 비용은 회비로 충당하며, 만약 여행 가지 않으면 그 돈은 떼이는 것이라고 거짓말을 했다.

사실 나는 남편에게 거짓말을 많이 하며 살았다. 자신 있게 선의의 거짓말이라고 자부할 수 있는 거짓말이었다. 무엇이든 안 된다는 말부터 하는 남편 때문에 이리 둘러대고 저리 둘러댄 일들이 한 둘이 아니었다.

그 여행도 남편에게 당신이 안 가면 나도 안 갈 것이고, 그러면 우리 몫으로 부은 그동안의 적금은 그냥 사라지는 거라고 했다. 애초에 부부의 참여도를 높이기 위해 회칙을 그렇게 만들었다고 둘러댔다.

남편은 가기 싫은데 돈이 아까워 억지로 가는 것처럼 동행하게 되었다. 실제로 친목회에서 부담한 돈은 한 사람 몫이었다. 부부가 갈 경우는 한 사람 몫은 더 내고 가야 했는데, 사실대로 말했다면 남편은 절대 함께 가지 않았을 것이다. 그 여행 이후부터는 나혼자 해외에 갈 일이 있어도 '나는 외국 여행 한 번 못 가네'라는 남편의 입은 막을 수 있었다.

함께한 여행은 중국의 장가계 원가계였다. 그곳은 신이 만든 정원처럼 신비로웠다. 여행을 무사히 마치고 돌아오는 비행기에 오른 다음에 남편에게 사실대로 말했다. 그리고 한마디 덧붙였다.

"마누라 잘 둔 줄 아세요."

그 후 같은 친목회에서 중국 서안과 계림을 갈 때도 똑같은 연극을 했다. 그렇게 해야 함께 갈 수 있었기 때문이다. 계림을 다녀올 때도 비행기에서 또 한마디 했다.

"마누라 잘 둔 줄 아세요."

작년에는 남편과 함께 크루즈 여행도 했다. 한·러·일 세 나라를 도는 크루즈였는데, 마침 내가 크루즈에서 선상 강연을 하게 되어 내 여행비는 무료였다. 남편 몫은 다 내야 했지만, 50% 할인해 주는 것이라며 또 거짓말을 해서 동행했다.

이번에도 '마누라 잘 둔 줄 아세요' 하고 싶었으나 참았다. 이제는 남편의 건강이 해외여행을 할 만큼 건강하지 못하다. 세 번이라도 남편과 함께 해외여행을 한 것이 다행스럽다. 비록 거짓말로 가게 된 것이었지만, 생각할수록 참 잘한 일 중 하나다.

결혼 후 11년 동안 남편이 직업 없이 노는 것이 너무 싫었는데, 어느새 결혼 40여 년이 넘은 요즈음은 몸이 많이 약해졌는데도 절대로 눕는 법이 없다. 마치 예전의 허송세월을 보상이라도 하려는 듯이 병원에 들어갔다 퇴원하는 날도 일터에 나가는 모습을 보면 안쓰럽기까지 하다.

몸을 다 망가뜨리고 나서야 술을 끊었고, 술을 끊고 난 후에야 편안한 행복을 맛본다. 가끔 문자를 보내오는 남편의 글귀에 뭉클할 때가 많다.

며칠 전에는 퇴근 시간에 맞춰 나를 태우러 오면서 문자를 보냈다.

"자기한테 욕먹지 않으려면 열심히 벌어놓고 가야 하는데, 그럴 시간이 있을까 걱정되네."

그 문자를 보자마자 눈앞이 뿌예졌다. 즉시 나도 답을 보냈다.

"욕은 무슨 욕. 아픈 몸으로 열심히 사는데 무슨 욕을 해요. 제발 무리하지 말고 내 곁에 오래오래 있어 줘요."

뒤늦게 찾아온 행복

오전 8시 반.

아침 식사를 마치자마자 남편이 말한다.

"설거지는 내가 할 테니까 반찬만 정리해서 넣고 들어가. 얼른 화장하고 나갈 준비해."

예전의 강압적인 명령이 아니다. 부드럽고 다정한 배려의 목소리다.

설거지를 끝낸 남편이 약을 챙겨 온다. 무릎 관절에 좋은 약, 비타민, 오메가3, 고지혈증약까지 작은 그릇에 담아 뜨겁지도 차지도 않은 알맞은 온도의 물과 함께 내민다.

"고마워요."

나는 약을 받으면서 살짝 미소를 건넨다.

"무릎 아프니까 차고로 내려오지 마. 내가 차 가지고 올라올게."

최고의 대우다.

나는 또 "고마워요." 한다.

남편은 운전하고 나는 운전석 옆에 앉아 원효대교를 건넌다. 고 방오리들이 둘씩 짝을 지어 강물에 떠 있다. 정겨워 보인다.

여의도 사무실 앞에 금세 도착한다.

차에서 내리며 남편에게 말한다.

"항상 몸조심하세요."

"알았어. 이따 데리러 올게."

알콩달콩, 우리 부부의 아침 정경이다.

오후 6시.

문자가 온다.

'사무실 앞 도착'

나도 문자를 보낸다.

'곧 내려가요.'

1층으로 내려가니 차가 기다리고 있다. 차 문을 열고 올라타는 순간 남편이 피로회복제를 따서 내민다. 인삼 한 뿌리가 든 드링 크다.

"고마워요."

나는 받아 마시며 진심 어린 인사를 건넨다.

집에 도착한다.

40여 년 동안 나를 긴장시켰던 술상은 이제 졸업했다. 대신 불 려놓은 쌀 한 줌을 압력밥솥에 넣고 밥을 짓는다. 금방 김이 모락 모락 피어나는 밥을 대령한다. 생선도 발라 숟가락에 얹어준다.
둘이 오붓한 식사를 마친다.

남편이 말한다.

"설거지는 손대지 말고 반찬만 정리해."

아침 대화처럼 다정한 목소리다.

나는 컴퓨터에 앉는다. 작가의 소명은 글 쓰는 일이니까.

설거지를 끝낸 남편이 저녁 약을 챙겨 내가 딱 좋아하는 알맞은
온도의 물과 함께 컴퓨터 책상 위에 놓는다.

"고마워요."

남편과 나의 저녁 일상이다.

뒤늦게 찾아온 행복이다.

늦게 피어난 꽃이 더 아름다운 것처럼, 이 행복이 더 감사할 따
름이다.

'사람이나 물건이나 자기에게 알맞은 자리가 있다.'

60대 중반이 되도록 살아오면서 힘겨울 때마다 위로가 되었던
말이다.

나는 7년 동안 치매를 앓는 시어머니를 모셨다. 며느리라는 의
무감 때문이었을까? 시어머니의 치매 간병도 내가 아니면 안 될
지도 모른다는 생각을 손위 시누를 보면서 했다. 시누는 자기 엄
마인데도 대소변을 받아내지 못했다. 하고 싶어도 비위가 약해서
할 수가 없었다. 나는 시아버지와 시어머니 대변을 묵묵히 받아

내고 심지어 시아버지의 은밀한 부분을 들추고 관장해 드리기도 했다. 내가 효부이어서가 아니었다. 비위도 강했고, 간병하는 동안 힘들다고 누워 본 적도 없었다.

나와 남편의 인연도 예비된 것이었을까? 남편은 손자들이라면 끔찍하게 여기고 성인이 된 딸과 아들도 어린애처럼 챙기는 정이 많은 사람이다. 그러나 남편과 살아온 그간의 사연을 이야기하면 '어떻게 그런 사람이 있을 수 있느냐' '말도 안 되는 소설 같은 얘기다'라고들 한다.

완벽한 사람이 어디 있겠는가. 한두 가지 단점은 누구나 갖고 있다. 남편의 단점은 지나친 음주와 유별난 사랑법이었다. 술만 아니면 싸울 일도, 이해를 못 할 일도, 큰 소리 낼 일도 없었다. 나에 대한 집착이 좀 지나친 편이었지만, 그보다는 술 때문에 너무나 큰 고통을 감내해야 했다.

남편은 술에 취하면 앞뒤 가리지 않고 문제를 일으켰다. 하지만 다음날 술이 깨고 나선 내게 빌었다. 남편처럼 싹싹 비는 사람은 보지 못했을 정도로 빌었다. 술만 깨면 정이 많고 선한 사람이었지만 술에 취하면 다람쥐 쳇바퀴 돌듯 문제가 반복되었다. 늘 그랬다.

그러다보니 남편은 내가 자기를 버릴까 봐 늘 노심초사했다. 그래서 내가 밖에 볼일이 있어 나가기만 하면 안절부절못했다. 조금만 늦어도 정말 안 들어올까 봐 전전긍긍했다. 의지가 약해 술도 못 끊고, 두렵고 무서우면 술의 힘을 빌려 위안으로 삼으려 했다. 그러니 술의 노예가 되어 사는 불행한 삶이 계속되었다. 시집 식구들조차 나 아니면 온전한 가정생활이 유지되기 어려웠을 거라고 단언할 정도였다. 내가 견디지 못하고 포기했다면 아이들도 제대로 자랄 수 없었을 거라고 강조했다. 이 말들이 그냥 나 듣기 좋아하라고 하는 빈말이 아니라는 것도 안다.

남편에 대한 내 기대치가 너무 높았던 걸까? 이순을 넘기고 보니 내 책임도 있었음을 실감한다. 이제 와 돌아보니 남편은 나보다 훨씬 여린 사람이었다. 체격은 강인하고 건장했지만 내면은 내가 더 강했다.

술을 끊으니 이제야 행복이 찾아왔다. 그러나 시들어가는 행복이고, 한시적인 행복이다. 남편은 벌써 10여 년째 아슬아슬하게 위기를 넘기며 사는 중이다. 술로 몸이 다 망가진 후에야 술을 끊었기 때문에 후유증이 만만찮다.

아이들도 잘 자라주었다. 아빠의 음주 때문에 부부싸움이 잦았어도 잘 참아주었다. 공부도 열심히 해서 좋은 대학을 나와 좋은 직장에 다니고 있다. 아이들에겐 늘 고맙다.

나이 들고 보니 부부는 측은지심으로 산다는 말이 맞는 걸 실감한다. 측은지심이 갈수록 깊어진다. 남편은 지난날을 후회하며 넘칠 정도로 나를 많이 배려한다. 술로 몸이 망가진 후에야 술을 끊고, 가정에도 평화가 찾아오다니…. 남편이 반성하며 아픈 몸을 누이지 않고 가족을 위해 최선을 다하는 걸 보면 고맙다. 그렇지 못한 남자들에 비하면 얼마나 다행스러운 일인가. 서글프지만 이제라도 남편이 오래 살아주기를 바라면서 나 스스로에게도 위로를 보낸다.

'잘 참아주었다.'

고맙습니다, 내 인생

2017년 5월에 한국-러시아-일본을 도는 크루즈 여행을 했다. 그 여행은 내게 특별했다. 선상 강연을 하기 위해 난생처음 하는 크루즈 여행이었다. 내 덕에 남편도 함께 여행을 즐겼다.

작가가 된 후 책을 여러 권 출간하고, 초·중·고등학교뿐만 아니라 대학생과 일반인을 대상으로 하는 강연을 해왔다. 그런데도 크루즈 선상 강연은 특별히 설레는 강연이었다. 속초에서 블라디보스토크에 도착할 때까지 한 번, 일본에서 부산으로 전일 항해를 하는 날 한 번, 두 차례 강연을 했다. 크루즈 여행의 특성상 배가 망망대해에 떠 있으니 기항지에 닿을 때까지 여유만만하게 강연을 즐겼다. 강사도 듣는 사람들도 여유가 있었다.

먼저 러시아 블라디보스토크에 도착하는 날 아침에는 『까레이스키, 끝없는 방랑』과 『독립운동가 최재형』을 쓰면서 알게 된 러시아 연해주 독립운동사를 소재로 강연했다. 〈러시아 연해주 독립운동사와 최재형〉이란 제목이었다.

최재형을 중심으로 상하이 임시정부가 생기기 이전부터 안중근, 이상설, 이범윤, 이위종, 이범진, 이동휘, 이강 등 수많은 독립운동가가 낯선 땅 러시아에서 어떻게 독립운동을 했는지 파워포인트를 이용해 들려주었다. 강연을 듣는 사람들은 잘 알려지지 않은 독립운동가 최재형이 연해주 항일독립운동의 중심에 있었다는 사실에 놀라워하며 많은 관심을 보였다.

돌아오는 항해에서는 〈백세시대 제2 인생〉이라는 제목으로, 내 이야기를 가지고 강연을 했다. 뒤늦게 문학을 시작해서 현재에 이른 내 이야기에 사람들의 반응이 뜨거웠다. 역시 사람 이야기가 가장 재미있는 걸까. 크루즈 여행은 대부분 나이 든 사람들이 그룹으로 와서 즐겼는데, 남자들이 '독립운동사'에 흥미를 보였다면, 여자들은 '백세시대 제2 인생'에 열광했다. 강연을 끝낸 후 마주친 승객 중에는 내 강연을 듣고 오래된 체증이 확 뚫렸다고 하는 사람도 있었다. 올해도 크루즈 선상 강연이 예정되어 있다.

내가 그동안 써온 내 작품 중에는 한인 디아스포라에 관한 이야기가 많아 '코리안 디아스포라 작가'라는 수식어가 내 앞에 붙게 되었다. 아직도 써야 할 한민족 디아스포라의 가슴 아픈 사연들이 너무도 많다. 우리가 잊어서는 안 되는 동포들의 슬픈 이야기들이다.

책을 쓴 덕분에 2016년에는 멀리 쿠바 아바나 도서전에 초청받아 다녀왔고, 세계아동도서협의회(IBBY) 활동으로 인도네시아 발리 대회에서 '동북아 역사 속의 코리안 디아스포라'에 대해 발제하기도 했다. 올해는 세계아동도서협의회 그리스 아테네 대회에서 발제하기로 했다. 내가 쓴 책『그래도 나는 피었습니다』로 위안부를 주제로 이야기하려 한다.

앞으로 남은 인생에서 건강이 얼마나 나를 지탱해줄지 모른다고 생각하면 한순간 한순간이 소중하고 감사하다.

추억을 만드는 삶은 젊고, 추억을 들추는 삶은 늙은 삶이라는 말이 있다. 지난 나의 삶을 들추었으니 늙은 삶을 부인할 수가 없다. 그러나 내 인생의 후반전 도전은 뜨겁게, 치열하게, 아슬아슬하게 시작했다. 그런 만큼 내게 남은 날들은 또 새로운 추억을 만들며 나누며, 즐기며, 느끼고 싶다. 무엇보다 남편과 함께 오래오래 살고 싶다.

2018년 5월 문영숙